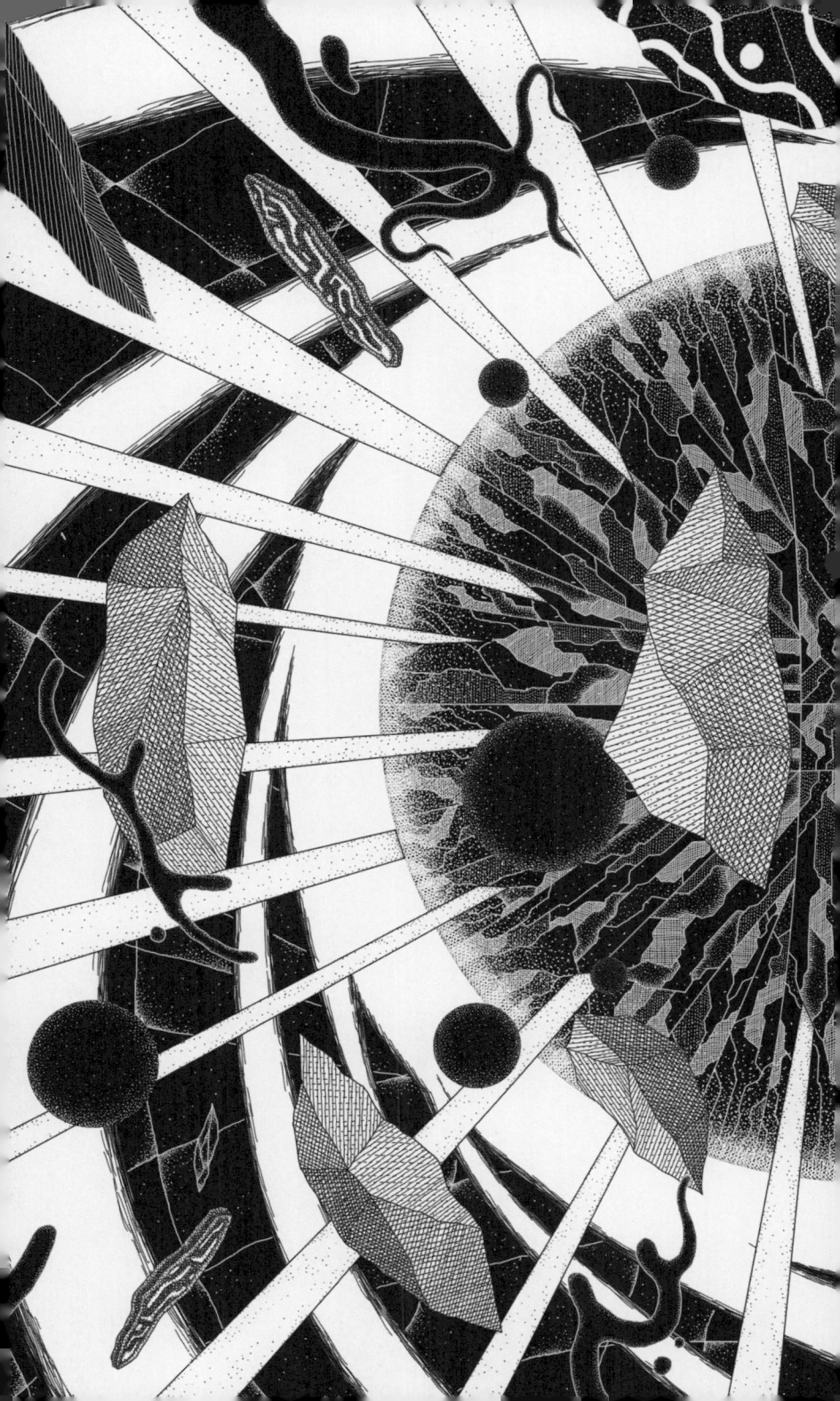

대장장이 왕 9

허교범 소설

에이어리가 마법의 근원
속에 갇혀 자유를 잃는다

위즈덤하우스

차례

I 라토가 에이어리에게 과거에 행한
과오를 고백하고 유언을 남긴다   <u>013</u>

II 프락시스 아가소에게 손님이 찾아와서
며칠이 지나도록 떠나지 않는다   <u>031</u>

III 다이아몬드 카분이 잠시 앉아서 쉴 안식처를
발견하고 원하지 않았던 일에 휘말린다   <u>049</u>

IV 황제의 목숨과 제국 수도의 소유를
둘러싸고 격렬한 전투가 벌어진다   <u>067</u>

V 영원히 굳건할 것 같았던
황제와 제국의 삶이 단숨에 결정된다   <u>087</u>

VI 불안감에 휩싸인 에이어리가
데스커드와 함께 비밀 실험을 계획한다   <u>105</u>

VII 에젠 황제 오셀롯이 다시 군대를 긁어모아
최후의 전쟁을 준비한다   <u>123</u>

VIII 피에스가 오직 레푸스 부부를 위한
사형대 건설을 명령한다   <u>141</u>

IX	재주 없는 자켄이 자유 동맹에서 생겨난 불온한 기운을 저지한다 · 159
X	에이어리가 마법의 근원 속에 갇혀 자유를 잃는다 · 177
XI	나, 관찰자가 라토와 아리셀리스의 마지막 대화를 엿듣는다 · 195
XII	하나가 도망친 마법사 왕국에 둘이 새로 들어와 결말을 예비한다 · 215
XIII	오랜 인연의 복수자가 협박과 설득으로 전사의 굳건한 마음을 움직인다 · 235
XIV	에이어리의 마음이 온갖 생각으로 휘몰아치는 가운데 손님이 찾아온다 · 253
XV	플리니 섭정공과 오셀롯의 군대가 격돌하고 루 도인이 루 도인을 만난다 · 273

특별 좌담 · 293

I

라토가 에이어리에게 과거에 행한
과오를 고백하고 유언을 남긴다

─무엇을 그리 골똘히 생각하십니까?

목소리는 오로지 라토의 것이었다. 동생은 잠든 것처럼 안쪽 깊숙한 곳에 옹그리고 있었다. 처음부터 그렇게 작정했는지 자연스럽게 그렇게 되었는지는 두 사람을 제외하면 아무도 알 수 없었다.

─저는.

에이어리는 뜸을 들였다. 그 바람에 걸음걸이도 저절로 느려졌다. 라토와 단둘이 대화를 나눈 적이 있었던가? 생각해 보면 처음인 것 같았다.

아리셸리스와 같은 외모를 지니고 태어난 쌍둥이지만 라토를 대하는 것은 언제나 어려웠다. 그가 왕이어서는 아니었다. 그보다 더 근본적이고 이해하기 어려운 이유가 있었다.

─어째서 라토 님이 왕으로 복귀하기를 거부하셨는지 생각하고 있었습니다.

─그것 말입니까?

라토가 호탕하게 웃었다. 에이어리는 주변을 살폈다. 두 사람의 대화가 비밀스러운 것이라고 생각하고 알아서 피해 주었는지 인적이 없었다.

하기는 마법사 왕국의 모든 사람은 지금 궁전에서 새 왕을 축하하느라 바빴다. 어제까지 지배자에 붙어 있었던 사람들과 반항하던 사람들, 감옥에 갇힌 자와 가둔 자, 압제자와 피해자가 한곳에 어울려 먹고 마시는 중이었다.

─그 이유가 궁금하십니까?

─루비 카르멘 님은 훌륭한 분이지만 역시 궁금합니다.

─루비는 훌륭합니다. 왕이 될 자격이 충분하지요.

─그렇습니다.

이런 때는 뻔한 대답만 나오게 되어 있었다.

에이어리도 잠시 마법사 왕국에 머문 적이 있다지만 그때는 마음껏 주변을 돌아다닐 수 있는 형편은 아니었기에 길을 잘 아는 라토가 손님을 인도했다. 그들은 호젓한 숲길을 지나 넓게 펼쳐진 들판으로 나아갔는데 한가운데 작지만 맑은 호수가 있었다. 밤이라서 정확한 색깔을 알 수 없었지만, 맑다는 것을 왠지 저절로 알 수 있었다.

─아무리 지친 사람도 저 물을 마시면 생명을 다시 얻은 기

분을 느끼게 됩니다.

라토는 몸소 무릎을 꿇고 두 손 가득 물을 떠서 마셨다.

- 여전하군요.

그런 감탄을 듣고 가만히 있을 수는 없었다. 에이어리도 물을 떠서 마셔 보았다. 목구멍을 넘어가는 순간 얼음덩어리로 변해 혈관을 타고 머리끝까지 쭉 올라가는 느낌이 들었다. 정신이 아득해졌다.

- 어떻습니까?

- 이건 마법의 물인가요?

- 그냥 평범한 물입니다. 마법사가 감히 재현할 수 없는 자연의 신비 중 하나입니다.

라토는 에이어리가 다시 정신을 차릴 때까지 기다렸다가 물었다.

- 그래서 무엇이라고 생각하셨습니까?

- 네?

- 제가 왕좌에 앉기를 거부한 이유 말입니다.

- 그건.

에이어리는 사실 결론을 찾아 두었다.

- 아리셀리스 님은 왕이 될 마음이 없으니까요. 두 분이 몸을 공유하고 계시니 동생을 위해서 포기하신 것이 아닙니까?

라토는 단호하게 아니라고 대답했다.

─제가 왕이 되고 싶었다면 동생과 싸워 이 몸을 차지하는 한이 있더라도 그렇게 했을 겁니다. 저는 그렇게 배려하는 사람이 아닙니다, 대장장이 왕이시여. 왕으로 보낸 세월 동안 동생이 헛된 예언에 고통받는 것을 알면서도 구하지 않았습니다. 혹시 그것이 사실일까 하는 작은 의심 때문에요.

─그렇군요.

더 멋진 대답은 답답하게도 떠오르지 않았다.

─지금도 저는 왕좌에 앉아 이 나라를 긴 세월 동안 다스리고 싶은 욕망으로 가득 차 있습니다. 그동안 우리 마법사들의 숙원을 풀고 여섯으로 갈라진 가문을 통일하고 싶습니다. 망할 보석 같은 상징은 아무런 의미가 없습니다. 저는 태어나서 단 한 번도 에메랄드라고 불리는 돌을 좋아한 적이 없습니다.

에이어리는 라토의 말을 듣자마자 그 말이 진실임을 알았다. 그는 다스리기 위해 태어났고 여전히 다스리고 싶어 했다.

─그런데 다시 왕이 되지 않은 이유는.

라토는 에이어리의 호흡이 긴장으로 잠시 멈춘 것을 확인한 다음에야 말을 이었다.

─이 몸은 아리셀리스의 것이고 제가 여기 붙어 있는 것은 기적과 같은 일이기 때문입니다. 인간의 삶과 마찬가지로 영

원하지 않은 축복입니다. 곧 이 몸에서 튕겨 나가 알 수 없는 사후 세계로 건너갈 겁니다.

— 그 말씀은?

— 그리 오래 남지 않았습니다. 저는 곧 진정한 죽음을 맞이하게 됩니다. 육체를 잃는 순간부터 보류해 둔 일이지요. 그러니 루비에게 양보했던 것입니다.

라토는 에이어리가 대답할 틈을 주지 않고 계속해서 말을 이어 나갔다.

— 제가 이렇게 살아남은 것은 삶에 대한 미련 때문은 아닙니다. 그보다 더 큰 목적이 있어서 남았습니다.

이때 에이어리의 생각은 마법사 왕국의 새로운 여왕에게로 옮겨 가 있었다. 그녀는 강하고 아름답고 지혜로웠다. 에이어리가 만난 사람 중 가장 매력적인 사람이었다. 루비 카르멘의 손을 잡고 입을 맞추고 그녀와 함께 나라를 다스리는 것은 어떤 느낌일까?

라토는 에이어리의 정신이 곁길로 빠진 것을 알고 묵묵히 기다렸다. 밤은 길었다. 대장장이 왕이 진지하게 들을 때만 비로소 뜻이 전해질 수 있었다.

에이어리는 루비 카르멘과 꽤 오랜 세월을 함께 보낸 다음에야 공상을 겨우 멈출 수 있었다. 이 부끄러운 생각을 상대에게 들킬까 봐 두려웠다. 그러나 저 위대한 마법사 형제들에게 조차 마음을 읽는 능력은 없었다. 그런 것이 있었더라면 이렇게 고생하지 않아도 모든 일을 수월하게 이루어 냈을 것이다.

─말씀하시죠.

에이어리가 정중하게 권했다. 눈은 라토가 아니라 어둠 속에서도 빛나는 호수에 고정한 채였다.

─저는 모든 마법사를 구하기 위해 살아왔습니다.

─구한다고요?

─그렇습니다.

─그들의 생명을요?

─생명이나 마찬가지인 것입니다.

라토가 손가락을 뻗어 작은 불빛을 만들었다. 파르스름한 불빛은 공중을 너울너울 건너가 호수 표면을 미끄러졌다.

─아름답지 않습니까? 마법의 바람은 우리에게 모든 것입니다. 이것이 없으면 마법사는 보통 사람과 같게 되고 맙니다. 우리에게는 죽음이나 마찬가지입니다.

─그렇군요.

─그러나 마법의 바람은 영원한 것이 아닙니다. 인간의 수명으로는 감히 헤아리기 어려운 주기로 세상에 왔다가 소멸하고 다시 긴 시간을 지나 생성됩니다. 자연의 조화라고 할 수

있습니다.

-그건 처음 듣는 이야기인데요?

-아리셀리스가 말씀드렸을 겁니다. 다만 그때는 그 이야기를 전설처럼 가벼이 흘려들으셨겠지요. 그러나 우리에게는 그 이야기가 현실입니다. 곧 마법의 바람이 소멸하면 모든 마법사는 그 힘을 잃고 말 것입니다.

-막을 방법은 없는 건가요?

-우리 마법사의 선조들은 오래전부터 이 현상을 알고 연구해 왔습니다. 우리는 자연과 싸우는 것이 미련하다는 것을 알면서도 싸움을 준비해 왔습니다. 마법사 왕들에게만 전해져 온 금단의 지식을 통해 연구를 발전시켰습니다.

-금단의 지식이요?

-그렇습니다. 서로 다른 보석을 대표하는 마법사 왕들은 자기가 물려받은 보석의 색깔과 관계없이 모든 마법사의 운명을 걸고 긴 세월 동안 이 재앙을 피할 준비를 해 왔습니다. 그리고 그 결과물을 아실 겁니다.

-제가요?

-한때 그 기운을 몸에 품고 계셨으니까요.

-알과 툰과 세군요.

-그렇습니다. 그 기운들은 마법사들의 연구가 낳은 결정체

이자 거대한 마법 덩어리들입니다. 그것들을 통해 잠잠해지는 마법의 바람을 다시 활성화하는 것이 우리의, 저의 일생 목표입니다.

-그렇다면 어째서 제 몸에 그 기운을 넣으셨던 건지 이해가 가지 않는군요.

-그것은.

라토는 이 순간 아리셀리스에게 몸을 빼앗긴 것처럼 떨다가 다시 정신을 차리고 말했다.

-세타세 님과 초대 대장장이 왕과 관련이 있습니다.

-루 도인 말이군요.

-알고 계십니까?

초대 대장장이 왕과 같이 살며 이야기를 나눈 적이 있으니까요. 이렇게 대답하는 것은 지혜로운 일이 못 되었다. 에이어리는 라토에게 여전히 거리감을 느꼈고 모든 사실을 밝히기 꺼려졌다.

-저도 대장장이 왕이니까요.

-두 분의 연구가 마법사들의 운명을 바꾸어 줄 실마리가 되었습니다. 대장장이 신의 힘과 마법의 바람은 대립하는 성질로 알려져 있으나 실은 같은 힘의 서로 다른 발현 양상입니다. 두 힘은 잘 조정해서 결합할 수도 있고 서로 격렬하게 반

응해서 폭발할 수도 있습니다.

　-그건 잘 압니다.

　-오늘 낮에 카분이 조종하는 카니세리움을 물리치실 때 이미 사용하신 원리죠.

　-그렇습니다.

　-우리 마법사들의 계획은 알과 툰과 세를 폭발시켜 세상에 격렬한 마법의 바람을 불러일으키는 것입니다. 그렇게 되면 마법사들의 멸종을 막을 수 있을 겁니다.

　마법사들은 멸종하지 않을 것이다. 그저 마법사가 아닌 평범한 사람이 되는 것이다. 에이어리는 그렇게 말해 주고 싶었다. 그러나 아무 소용도 없는 공허한 말이 될 것을 알았다.

　-그 모든 과정에 대장장이 왕의 힘이 필요합니다.

　-제가요?

　-그렇습니다.

　-어째서죠?

　-예전에 저의 생각은 원시적인 수준에 머물러 있었습니다. 알과 툰과 세를 폭발시키기만 하면 모두 해결된다고 생각했지요. 그러나 다시 계산해 보니 그것만으로는 마법의 바람을 일으킬 만큼 강한 힘이 나오지 않았습니다. 그게 절망의 시작이었지요.

에이어리는 여전히 호수를 보며 고개를 끄덕였다.

─이대로라면 선조부터 이어져 온 노력이 모두 물거품이 되고 마법사는 멸종할 상황이었습니다. 그때 저는 부끄럽게도 제국의 황제를 도와 카니세리움을 조종해 대장장이 왕이 될 아이를 암살하는 일을 도왔습니다.

─저군요.

─그렇습니다.

에이어리는 가슴의 옷깃을 여미며 그 안으로 만져지는 흉터를 느꼈다. 어째서인지 라토에게 원망하는 마음 같은 것은 생기지 않았다. 그 일로 한쪽 팔을 잃은 트라이버라면 화를 낼까? 에이어리의 상상 속에서 트라이버는 침묵했다.

─그 일은 우리 마법사 왕국을 지키기 위한 것이었다고는 하나 지금 생각해도 참담한 일입니다. 대장장이 왕께 용서를 구해야 마땅한 일입니다.

─이야기를 계속해 보십시오.

─그때 가르젠 님이 던지신 무기를 삼킨 카니세리움이 폭발하는 것을 보고 저는 새로운 지식을 얻었습니다. 신의 힘과 마법의 힘이 만나면 큰 폭발을 일으킬 수 있습니다. 잘 조합하면 세상을 뒤흔들어 마법의 바람이 다시 시작되게 만들기 충분하지요.

―그래서.

―그래서 왕들의 회합에서 만났을 때 그 몸에 알툰세 중 알을 넣었습니다. 이것 역시 허락 없이 저지른 죄악입니다.

에이어리는 슬슬 짜증이 났다. 이 뻔뻔한 마법사 왕은 담담하게 죄를 고백하고 있었다. 대체 어쩌자는 말인가? 이럴 바에는 새로운 왕 루비 카르멘과 시간을 보내는 것이 천 배는 더 유익할 것이다.

―신의 힘이 그 덩어리에 충분히 스며들면 세상을 바꿀 힘이 서서히 축적되리라고 생각했습니다.

―그러다가 제 몸이 갑자기 폭발하면요?

―두 힘은 서로 밀어내기도 하지만 본래는 근원이 같은 힘입니다. 그런 일이 일어나지 않도록 조정했습니다. 그렇게 한 덕분에 동생과 제 외모는 꽤 달라져 버렸지요.

아리셀리스는 라토의 의식 뒤로 물러난 상태에서 모든 이야기를 듣고 있었다. 그는 형의 외모가 변한 것이 단순히 알과 툰과 세의 균형이 무너진 탓이 아니라는 것을 처음으로 알았다. 형은 대장장이 왕의 몸에 마법 덩어리를 넣는 데 온 힘을 쓴 나머지 몸이 쇠약해지기 시작했고, 이후로는 자기 몸의 툰과 세를 제어하느라 쌍둥이 동생보다 늙어 버렸다. 마법사들을 위해 자기 전부를 바친 결과였다.

에이어리는 더 참지 못하고 일어났다.

― 괜찮습니다. 모두 지난 일이니까요. 오늘은 즐거운 날이 아닙니까? 과거는 잊으셔도 좋습니다.

라토도 덩달아 자리에서 일어났다. 아리셀리스는 형의 옆으로 슬쩍 끼어들어 다시 의식을 공유했다.

― 그러나 여전히 알툰세가 가진 힘은 세상을 바꾸기에 부족합니다. 더 큰 폭발이 필요합니다. 대장장이 왕이시여, 지난번 루 도인 청년의 생명을 구할 때 제 소원을 하나 들어주겠다고 맹세하지 않으셨습니까?

에이어리는 라토와 아리셀리스의 목소리가 다시 섞인 것을 눈치챘다.

― 그랬습니다. 하지만 알툰세를 또 제 몸에 넣고 싶지는 않군요.

― 어찌 감히 그런 것을 바라겠습니까? 그 죄는 용서를 구하기에도 부끄럽습니다. 다만 저는 대장장이 왕께서 알과 툰과 세의 힘을 증폭해 마법의 바람을 일으키기 충분한 장치를 만들어 주시기를 원합니다. 그것이 제 소원입니다.

― 장치요? 그건 말하자면.

― 폭탄이라고 부를 수도 있을 겁니다.

― 그런 폭탄을 터뜨리면 사람뿐 아니라 주위의 모든 것이

죽게 되지 않을까요?

에이어리는 신에게 버림받는 것을 걱정했다. 초대 대장장이 왕과 스승인 오카브가 겪은 일을 반복하고 싶지 않았다.

―그렇지 않습니다. 폭탄은 사람과 괴물과 동식물에는 아무런 영향도 끼치지 않습니다. 폭탄이, 장치가 작동하는 순간 바로 옆에 서 있어도 무사할 겁니다.

에이어리는 그래도 망설였다.

―죽어가는 자의 마지막 소망입니다. 제가 저지른 죄는 모두 마법사들을 세상에 남기기 위한 것이었습니다. 저로 인해 모든 마법사를 저버리지 말아 주십시오. 저희를 살릴 수 있는 분은 대장장이 왕밖에 없습니다.

목소리는 다시 라토 혼자의 것으로 돌아와 있었다. 그는 양 무릎을 바닥에 대고 에이어리의 팔에 매달렸다.

―은혜를.

에이어리는 겨우 입을 열었다. 어째서인지 머릿속에 한때 무라고 불렸던 알로말의 얼굴이 스쳐 지나갔다. 형제의 간청에는 알로말을 떠올리게 하는 부분이 있었다. 그게 무엇인지 꼭 집어 말하기는 어려웠다.

―은혜를 입고 약속했으니 갚아야겠지요. 알겠습니다. 만들어 드리겠습니다.

라토와 약속하면서 에이어리는 하늘의 색깔을 확인해 보았다. 하늘은 그저 검었다. 구름이 짙게 끼었는지 별도 몇 개 보이지 않았다.

루비 카르멘도 이 일에 대해 알고 있을까? 에이어리는 묻고 싶었지만 묻지 않았다. 그녀를 향한 작은 호감을 괜히 들킬까 두려워서였다.

- 그렇게 해 주신다면 우리 마법사 왕국 모두의 은인이요, 아버지가 되시는 것입니다. 이 일이 이루어진다면 저는 홀가분하게 이 세상을 떠날 수 있습니다.

- 어서 일어나세요.

에이어리는 손을 뻗어 무릎 꿇은 형제를 일으켰다. 아직은 모든 것이 얼떨떨했으나 마법사 왕국을 구한다는 것은 기분 좋게 느껴졌다. 그야말로 대장장이 왕이 할 법한 일이었다.

이야기를 끝내고 함께 돌아가는 아리셀리스의 얼굴은 마치 라토가 그 몸을 완전히 차지한 것처럼 수척해 보였다. 그는 예전처럼 자유로운 새가 아니었다. 새장에 갇힌 새에게서는 예전과 같은 생기가 돌지 않았다. 그 새가 새장을 부수고 녹이고 가루로 만들어 바람 속으로 흩을 힘을 품고 있어도 마찬가지였다.

- 어디에 계셨어요? 한참 찾았잖아요.

데스커드의 꾸중 아닌 꾸중을 들으며 에이어리는 루비 카르멘을 찾았다. 라토와 아리셀리스 형제가 돌아온 것과 동시에 그녀의 모습이 사라지고 없었다. 연회장으로 돌아올 때는 분명히 멀찍이 서 있는 그녀의 모습을 확인해 둔 참이었다.

- 피곤하구나. 우리도 이만 숙소로 돌아가야겠다.
- 그러시죠. 내일 아침에 신전으로 출발하나요?
- 아니, 데스커드. 시간이 좀 걸릴 것 같아. 자고 일어나서 모든 걸 설명해 줄게.

마법사들의 문화 중 제국에서 가장 이상하게
여길 만한 것은 반역자에 대한 처분이다.
그들은 주동자 몇 명을 뺀 나머지 가담자를
아무 대가 없이 그냥 용서한다.
시류에 맞게 강한 자를 좇는 것은 마법사들에게
죄가 되지 않는다. 그저 자기 잘못을 인정하고
다시 충성을 맹세하면 그만이다.
마법사들의 내분이 일상적이기에
그때마다 숙청을 감행하면 남는 사람이
없기 때문이라는 현실적인 해석도 있다.
그러나 기원학자의 해석이
조금 더 마음을 끄는 부분이 있다.
- 그들은 마법의 바람과 함께 살아갑니다. 바람의 속성은
그저 흐르는 것일 뿐 뒤로 돌아감이 없습니다.
삶의 방식이 생각을 지배하는 것처럼 자연스러운 일이
또 있을까요? 농부들은 생각을 경작하고
사냥꾼들은 생각을 사냥하며, 왕은 생각을 지배하고
마법사는 생각을 흐르게 두는 법입니다.

II

프락시스 아가소에게 손님이 찾아와서
며칠이 지나도록 떠나지 않는다

아가소 가문은 오랫동안 제국에 봉사한 명문으로 알려졌다. 그런 이름이 붙기 위해서는 적어도 백 년 이상의 세월이 필요했다. 할아버지가 시작한 것을 아들이 잇고 다시 그 자식이 충성을 바치며 명성을 유지해 나갔다.

그러던 것이 프락시스 대에 와서는 주춤해졌는데 그가 황제 앞에 나아가는 것을 거부하고 제국 수도와 멀리 떨어진 곳에 집을 지은 까닭이었다. 그 부모가 생전 여러 번 하나뿐인 아들을 설득했으나 그는 석상처럼 요지부동이었다.

- 어째서 관리가 되기를 싫어하느냐? 우리 가문은 대대로 황제를 섬겼으니 너를 중용하실 것이다.

- 어째서 그런 일을 추천하십니까? 권력의 눈치를 보느라 마음이 한시도 편할 틈이 없고 아침에 해가 뜨기 전에 출근했다가 달과 별을 보며 퇴근해야 합니다. 그러다가 건강을 해치면 병상에 눕게 되고 세상을 떠납니다. 그것이 정말 좋은 삶이

라고 말할 수 있을까요?

젊은 시절의 프락시스는 이렇게 입바른 소리를 하다가 부모의 미움을 샀다. 그러다 결국 어쩔 수 없이 황제를 알현하고 관직에 들어서게 되었다.

그는 기본적으로 총명한 사람이고 집안도 좋았기에 쉽게 출세했다. 십 년이 지나자 그 나이대의 귀족 중에는 가장 높은 지위를 차지한 사람이 되어 버렸다. 당시 프락시스는 주변에 항상 이렇게 말하고 다녔다.

- 나는 이 자리에 미련이 없네. 세상이란 좀처럼 좋아하는 것을 주지 않고 가벼이 여기는 것만 잔뜩 주는 법이지.

- 그렇다면 나는 돈과 권력을 가벼이 여기겠네. 그럼 두 가지를 잔뜩 얻을 게 아니겠나?

친구의 말을 듣고 프락시스는 껄껄 웃을 뿐이었다. 옆에서 다른 친구가 웃음의 의미를 해석했다.

- 그런 생각을 하려거든 남몰래 품을 일이지 이제는 온 세상이 다 알게 되었잖아? 그러니 세상은 자네에게 평생 돈과 권력을 주지 않을 거야.

이 말은 그대로 들어맞았다. 돈과 권력을 가벼이 여긴다던 친구는 평생 두 가지를 지키는 데 골몰하느라 청춘을 다 보내면서도 만족스러운 결과를 끝내 얻지 못했다.

프락시스는 경우가 달랐다. 그는 진정 원하지 않았는데 두 가지를 다 차지할 수 있었다. 황제의 총애는 자꾸만 높아졌고 부인이 어마어마한 지참금을 가지고 온 덕분에 재산도 배가 넘게 늘어났다.

그러나 세상은 프락시스가 원하는 것을 주지도 않은 주제에 생색을 내며 균형을 맞추려고 들었다. 어느 해 여름, 제국 수도를 휩쓴 전염병에 그의 부모와 아내가 한꺼번에 목숨을 잃었다. 그는 깊은 슬픔에 빠져 몸이 수척해졌고 덕분에 황제로부터 긴 휴가를 얻을 수 있었다.

요양을 위한 별장은 제국 수도에서 멀리 떨어진 서쪽에 지었다. 프락시스는 공사를 감독한다는 명분으로 일찌감치 짐을 싸서 수도를 떠났다. 다시 돌아올 생각이 없는 사람의 행보였다.

이후로 프락시스는 새로운 땅에 정착했다. 새로운 환경이 주는 기쁨은 가족을 잃은 슬픔에 덧칠하기에는 나쁘지 않은 재료였다. 그는 건강을 핑계로 황제의 부름을 몇 번 거절했다. 황제가 바뀌고 나서도 두어 번 같은 일이 있었다.

그러나 황제는 바쁜 사람이고 그 앞에서 얼쩡대지 않는 사람은 금방 잊히기 마련이었다. 프락시스에게도 같은 일이 일어났다. 아가소 가문은 이제 제국 수도에서 언급되지 않는 이름이 되었다.

　분주한 곳을 떠나 마음이 진정되자 새로운 욕구가 생겨났다. 아무리 좋은 곳이라도 마냥 놀기만 할 수는 없었다. 그래서 프락시스는 비밀스럽게 새로운 취미를 시작했다. 이 일은 주변 마을 사람은 물론이고 측근 중에서도 아는 사람이 거의 없었다.

　대신 프락시스 아가소는 주위에 인정이 많고 베풂이 후한 명사로 소문났다. 그는 흉년이라도 들라치면 근처 마을 사람 중 굶는 사람이 없도록 창고를 아낌없이 개방했다. 그런 사람을 누가 미워하겠는가?

　언젠가는 주변을 산책하다가 병에 걸려 죽기 직전인 여행자를 발견한 적이 있었다. 그를 보니 전염병으로 죽은 가족이 생각나서 견딜 수 없었다. 프락시스는 열이 들끓어 의식이 오락가락하는 젊은이를 데려다가 정성껏 간호했다.

　이 젊은이의 이름은 스탐노스 펠리스였다. 황제의 3급 서기관으로 시작해 대답을 잘한 덕분에 2급 서기관으로 승진하고 주변의 질시를 받아 좌천된 인물이었다.

　그는 프락시스 아가소라는 이름을 듣고 왠지 익숙하다고 생각했지만 대대로 제국의 기둥이 된 사람들을 떠올리지는 못했다. 나이가 지긋한 사람이었다면 아가소를 알았겠지만 젊음이 지식에 방해가 되었다. 그가 서기관으로 쌓은 지식은 묘하게도 최근의 정치적 격동과는 무관한 것들이었다.

프락시스 아가소는 젊은이가 문필가로서 큰 재능을 지녔다는 것을 알았다. 그에게 취미 활동으로 만든 작품을 보여 주고 싶었지만 그 마음을 여러 번 참아야 했다. 그에게 알리면 원하지 않는 명성을 얻게 될지도 모르는 일이었다.

스탐노스 펠리스는 몸이 회복되자 깊은 감사를 전하며 떠나갔다. 이후에도 지나는 길에 여러 번 프락시스를 만나러 왔다. 그 덕분에 잊고 지냈던 제국 수도의 최신 정보를 얻을 수 있었다. 이 젊은이는 여전히 프락시스의 진정한 정체에 대해서 눈치채지 못하거나 혹은 그런 것처럼 굴었다.

또 계절이 몇 번 흐른 후에 묘한 젊은이가 프락시스 아가소의 저택에 흘러들게 되었다. 프락시스의 하인이 손님이 왔다고 알리면서 말을 흐렸다.

- 상당히 이국적인 귀족 자제분께서 오셨습니다.

- 이국적이라고? 그게 무슨 말인가?

- 모르겠습니다. 바다를 건너서 오셨는지 루 도인에서 오셨는지 아무튼 본 적이 없는 차림입니다.

- 어서 안으로 모시게.

프락시스는 기대에 가득 차서 문 쪽을 바라봤다. 이어서 나타난 젊은이는 그의 호기심을 충족시키기에 충분한 모습이었다.

일단 그의 머리를 바투 깎은 모습이 이채로웠다. 뻣뻣한 머리카락이 사방으로 치솟아 있었는데 만지면 고슴도치처럼 따가울 것 같았다. 제국에서는 군인 중 일부만 선택하는 방식이었다. 젊은이에게서 절도 있는 모습이 보이기는 했지만 군인 같지는 않았다.

그는 분명 귀족이기는 했다. 호화로운 옷차림이나 남을 의식하지 않는 거만한 태도를 보면 확실했다. 옷에서 특히 눈에 띄는 것은 어깨에 달린 검은 깃털이었다. 프락시스는 본 적이 없는 형식의 옷이었다.

설마 까마귀 깃털은 아니겠지? 이런 질문을 입 밖에 낼 정도로 무례한 사람이 아니었기에 프락시스는 질문을 삼켰다. 일부러 깃털 쪽을 보지 않으려고 했다. 햇빛의 방향에 따라 영롱하게 반짝이며 색이 시시각각 바뀌는 것에서 눈을 떼기란 세상 어떤 유혹 못지않게 어려운 일이었다.

- 제 작은 집에 오신 것을 환영합니다. 필요하다면 며칠이고 머물다 가십시오.

- 그럴 생각입니다.

젊은이는 마치 자기가 주인인 것처럼 굴었다. 그런 건방짐은 귀족 젊은이에게 흔히 있는 것이라 집주인은 마음에 담아 두지 않았다.

- 저는 프락시스 아가소라고 합니다. 손님께서는 이름이 어떻게 되십니까?

- 나는 페누아입니다. 성은 당장 밝히지 않겠습니다.

그 이름은 프락시스에게도 익숙한 것이었다.

- 혹시 놋에서 오셨습니까?

- 어떻게 아셨습니까?

페누아는 범죄자를 신문하는 사람처럼 물었다.

- 그 이름은 놋에서 흔히 불린다고 들었습니다.

- 아니요, 아니요.

페누아는 벌떡 일어나서 주위를 서성거렸다. 멀리서 주의 깊게 살피던 하인들이 다가오려는 것을 프락시스가 손짓으로 막았다. 그러나 하인들은 여전히 긴장을 풀지 않고 당장 손에 쥘 것을 찾아 두리번거렸다.

- 그건 아닙니다.

젊은이는 격정적으로 소리쳤다.

- 페누아라는 이름은 놋에서 흔하게 불릴 수 없습니다. 왜냐하면, 왜냐하면 그건 왕의 이름이기 때문입니다. 놋에서는.

젊은이는 숨을 고르느라 잠시 말을 멈췄다. 어깨가 들썩거리면서 깃털이 하늘로 돌아가려는 듯 펄럭였다.

― 놋에서는 누구도 왕의 이름을 사용할 수 없습니다. 그 이름은 왕이 홀로 사용하는 이름입니다. 그 이름을 함부로 사용하는 자들이 있으면 불러서 마음을 바꿀 때까지 가두어 놓거나 곧바로 처형합니다. 그러니까 페누아는 놋 전체에 한 명밖에 없습니다.

― 그런데 손님의 이름이 공교롭게 그와 같군요.

― 그건 내가 왕이기 때문이오. 내가 바로 놋의 왕 페누아요. 페누아 놋이 아니라 놋 페누아지. 우리 놋 사람들은 성을 앞에 쓰니까.

젊은이의 웅변적인 대사와 동작이 마치 연극과 같아서 처음에는 그 말의 무게가 느껴지지 않았다. 그러나 떨림이 잔잔하게 가라앉은 다음에는 의미가 선명해졌다.

― 나는 놋의 왕이오.

페누아는 굳이 한 번 더 강조했다.

프락시스 아가소는 의자에서 벌떡 일어났다. 놋의 왕에게 걸맞은 예절은 무엇일까? 기억나는 것이 없었기에 황제를 대하듯 그 앞에 한쪽 무릎을 꿇었다. 이제야 젊은이는 만족스러워 보였다.

― 나는 그대가 누구인지 알고 있소.

―왕께 무엇을 숨기겠습니까?

―그대에게 따지러 왔소. 어째서 나에 대한 중상모략을 사방에 퍼뜨렸는지.

―저는 그러한 사실이 없습니다.

―아니야, 그대는 책에서 내 모습과 행동을 멍청이처럼 표현했지. 놋에서라면 모독죄로 사형을 당할 거야.

―저는 그런 중죄를 범한 적이 없습니다.

―아직도 뻔뻔하게 부인하다니. 그대가 도적 살쾡이가 등장하는 연작에서 나를 멋대로 묘사하지 않았나?

―그것은.

하인 중에서도 일부만 아는 사실이었다. 프락시스 아가소는 고개를 들어 바깥을 지키고 있는 하인들을 보았다. 그들 중 하나를 빼면 주인의 취미 생활을 아는 사람이 없었다.

저들의 입을 단단히 봉해야 하네. 절대로 그냥 보내지 말게. 프락시스는 한쪽 눈썹을 찡그리는 것으로 그런 의미를 전했다. 그와 오랜 시간을 보내 눈치가 빠른 고참 하인은 다 알겠다는 듯이 비장하게 턱을 끄덕였다.

하인들이 이야기를 더 들을 수 없게 멀찍이 물러선 다음에야 프락시스 아가소가 변명을 시작했다.

―제가 그 책을 썼다는 사실을 어떻게 아셨습니까?

─하, 그걸 묻는군. 별로 어렵지 않았지. 책을 내려면 반드시 출판업자를 거쳐야 하니까. 그대의 책을 내는 출판업자가 자고 있을 때 내가 보낸 자가 목에 칼을 들이대고 물었어.

─그가 발설했군요.

─그를 탓할 것은 없네. 말하지 않으면 평생 다시는 그 목구멍에서 소리를 낼 수 없을 거라고 했으니.

프락시스 아가소는 자칭 놋 왕이라고 말하는 젊은이의 무모함에 기가 막혔다. 제국에 사람을 보내 강도나 마찬가지인 짓을 시키다니. 황제가 안다면 가만히 있지 않을 중죄였다.

페누아는 프락시스가 그런 생각을 한다는 것을 아는지 덧붙였다.

─그때 나는 느긋하게 조사 결과를 기다릴 여유가 없었네. 당장 그대를 찾아야 했으니까.

─이유를 알 수 있겠습니까?

─내가 놋 왕 자리에서 물러나게 되었거든. 처음부터 그렇게 원하던 자리는 아니었지. 전쟁이 끝나자마자 그 늙은이들이 내게 책임을 물었어. 애초부터 뱀 무늬가 작다는 둥 시비를 걸었지.

프락시스는 기가 막혀서 듣고만 있었다. 처음부터 건방진 태도를 보인 젊은이는 자기가 왕이더라니 또 금방 이제는 왕이 아니라고 말했다.

―나는 놋 땅에 다시 들어갈 수가 없어. 그랬다가는 죽으니까. 그래서 제국에서 무엇을 해야 할지 생각한 거야. 나는 그대의 살쾡이 연작을 즐겨 읽으니 그대를 만나 놋에 관해 잘못 알려진 사실을 고쳐 줄 수 있겠다 싶었지.

―그러시군요.

―그리고 나도 이제는 부하 하나 없이 홀로 제국에 남겨지게 되었으니 그대 밑에서 소설 쓰는 일을 배울까도 생각해 보았지. 그대의 책이 꽤 훌륭하기는 하지만 놋에 관해 잘못된 정보를 전달하는 것도 있고 몇 가지 결점이 보였으니까.

―결점이 보이셨다고요?

―세상에 완벽한 소설은 없으니 어쩔 수 없는 일이지. 다만 내가 정식으로 그대에게 소설 쓰는 일을 배우면 그에 필적하는 작품 정도는 어렵지 않게 쓸 수 있을 것 같아. 이 집이 꽤 넓은 것 같으니 내가 머물 곳을 따로 구할 필요도 없고. 제국의 소설가들은 이런 집을 지을 정도로 돈을 많이 버는 건가?

―이 집은 그 일을 시작하기 전에 지은 겁니다. 그보다 말입니다.

프락시스 아가소의 인자함은 아까보다 확실히 줄어 있었다. 온갖 사람들이 그에게 기대려고 찾아왔고 그중에 협잡꾼이나 사기꾼이 절반은 되었지만 이런 일은 극히 드물었다.

― 그러니까 그대는 이제 왕도 아닌 놋의 귀족이고 수행원도 따로 없이 쫓겨난 몸이라는 뜻이오? 그런데 내게 와서 내 소설이 훌륭하지 못하다고 지적하면서 내 제자가 되겠다는 말이오?

페누아는 음식이 목에 걸린 사람처럼 얼굴색이 변했다.

― 나는.

― 그대가 놋의 귀족이라면 나도 제국의 귀족이니 딱히 신분이 낮은 것도 없소. 게다가 내게 무언가를 배우고 싶다면 나를 선생으로 대우해야 하는 것 아니겠소? 여태까지 누구에게도 그런 걸 가르쳐 본 적은 없지만 가르치게 된다면 내게 예의를 차리는 사람으로 정했으면 좋겠는데?

― 그건 상당히 옳은 말씀입니다.

― 그대의 상황이 딱하니 갈 곳이 생길 때까지 내 처소에 머무는 것은 좋소. 그러나 내 취미 생활을 누구에게 공개하거나 전수할 생각은 없으니 내 뜻을 존중해 주시오.

― 하지만.

― 이분께 좋은 방을 내어 드리게. 때가 되면 식사를 가져다 드리고.

페누아가 정신을 차렸을 때 프락시스 아가소는 이미 응접

실을 떠나고 없었다. 뒤늦게 반박할 말들이 머릿속에 떠올랐지만 차라리 머릿속이 텅 빈 것만 못했다. 괜히 속을 부글부글 끓일 연료만 잔뜩 생긴 셈이었다.

페누아는 저녁을 먹고 나서 침대에 누워 쉬다가 벌떡 일어났다. 예전 같으면 곧바로 다가와서 불편한 점이 무엇인지 묻는 사람이 있었겠지만 이제는 상황이 달라져 있었다. 그는 왕이 아니라 추방자였다.

놋 왕이 무소불위의 권력을 휘두른다는 말은 절반만 맞았다. 그 막중한 힘으로 성과를 내지 못하면 바로 쫓겨나게 되어 있었다. 전쟁이 끝나자마자 선거권을 가진 제후들이 모여 페누아를 축출하기로 결심한 것은 전쟁에서 놋의 전차 부대가 추태를 보였다는 보고가 들어간 다음이었다.

그러나 그가 왕이 아니었더라도 결과는 마찬가지였을 것이다. 놋의 군대는 실전을 치른 경험이 없었다. 전쟁을 경험한 사람들은 모두 죽고 그 후손들이 고삐를 잡고 있었다. 첫 전투부터 완벽하게 움직이기란 불가능했다.

페누아는 문을 열고 사방을 둘러보았으나 그의 시중을 들기 위해 기다리는 사람은 없었다. 어쩔 수 없이 복도로 나가 한참 두리번거린 끝에 지나는 사람 한 명을 찾아냈다. 그의 불손한 태도는 놋 왕 시절이라면 팔다리를 자를 만한 중죄였지만 프락시스의 말대로 그는 왕도 아니고 그저 쫓겨난 사람이었다.

- 여기 프락시스의, 아니, 아가소 님의 도서관이 있나?

- 그렇습니다.

- 그렇다면 내게 도적 살쾡이 전권을 가져다주게.

하인은 귀찮다는 듯이 눈썹을 이리저리 휘둘렀지만 그래도 대답은 순순히 나왔다. 아마 주인의 당부 때문인 것 같았다.

페누아는 밤늦게까지 침대에 누워 살쾡이가 뭇에서 벌이는 활약을 복습했다. 이제 그가 다시 돌아갈 수 없는 땅이었다.

- 그래도 침대 위에 뱀 대가리가 없으니 마음이 불편하지는 않군. 왕을 그만두길 잘했어.

그대가 제국을 떠나서 살기로 결심했으면

문명과 인간다운 인간으로부터

영원히 격리될 것이라는 사실을 명심하라.

제국 주변의 인간 중에 꽤 학식을 갖추고

예절을 배운 자들이 있지만

제국의 무학자에도 미치지 못한다.

저들의 귀족이 우리의 기품 있는 하인보다

못하다는 것은 이미 여러 사람이

관찰하고 기록으로 남긴 바 있다.

스타인에 가는 것은

황제에게 쫓길 때나 할 법한 최후의 선택이다.

그곳은 야만이 다스리는 땅이다.

사람들은 흔히 젤레즈니나 애커로 가라고 하지만

나는 놋도 나쁘지 않다고 말하고 싶다.

다만 거기에 간다면 왕과 관리들을 위한 뇌물을

듬뿍 준비해서 그대의 편의를 봐주게 해야 한다.

III

**다이아몬드 카분이 잠시 앉아서 쉴 안식처를
발견하고 원하지 않았던 일에 휘말린다**

어렸을 적 카분은 이런 이야기를 들으며 자랐다.

―카분, 너처럼 총명한 사람은 본 적이 없다. 넌 분명히 이 다음에 이 나라를 다스리는 사람이 될 거야.

부모뿐 아니라 친척들까지 칭찬에 합세했다. 카분은 그래서 왕이 되기로 결심했다. 그러나 왕이 된다는 것이 구체적으로 무엇을 뜻하는지 알기에는 너무 어렸다. 그저 왕관을 쓰는 사람을 왕이라고 부르니 왕관만 쓰면 된다고 생각했다.

마법사 왕의 왕관은 간소하게 만들어졌지만 그래도 금으로 만든 물건이고 중간중간에 보석이 박혀 있었다. 여섯 가문을 상징하는 루비와 사파이어와 에메랄드와 다이아몬드와 오팔과 오닉스가 같은 면적을 차지하도록 배열되어 있었다. 어느 한쪽이 더 많은 부분을 차지하는 것을 다른 가문이 허용하지 않는 탓에 그런 모양이 나왔다. 그런 억지스러운 균형감이 미적으로 보면 조잡해 보이는 결과를 낳았다.

왕관은 심지어 앞뒤가 따로 없었다. 왕관 안에 꼭 맞는 육각형을 댄다고 하면 각 꼭짓점에 해당하는 곳에 각각의 가문을 상징하는 큼지막한 보석이 하나씩 박혀 있었다. 에메랄드 가문 사람이 왕이 된다면 큰 에메랄드가 박힌 부분이 자연스럽게 앞이 되었다. 오팔과 오닉스는 아직 이마 위를 차지한 적이 없었다.

카분은 목을 꼿꼿이 세우고 다니며 사람들에게 왕관을 쓸 연습을 하고 있다고 떠들었다. 붉은 망토와 케이프를 걸친 사람들은 모두 그녀가 귀여워서 견딜 수 없다는 듯이 웃으며 응원해 주었다.

그러나 이 영특한 아이는 금방 자라서 세상을 알게 되었다. 그녀가 왕관을 쓸 연습을 하고 있다고 말할 때, 다른 색 망토를 걸친 사람들이 얼굴을 찡그리고 증오하는 숨결을 내뱉는 것을 발견했다. 그리고 세상에는 빨간 망토보다 다른 망토를 걸친 사람이 더 많았다. 그래서 왕관을 쓰는 연습이 영원히 중단되었다.

그녀가 꿈을 반쯤 포기했다는 사실이 다른 사람들에게 영향을 미치지는 않았다. 루비 가문은 오랫동안 왕을 배출하지 못했다. 루비 카분이야말로 왕이 될 재목이었다. 카분이 사심 없이 자기 역량을 늘리는 동안 어른들은 다른 가문과 끊임없는 암투와 협잡을 벌여 그녀의 위치를 마련해 놓으려고 했다.

카분이 마침내 스무 살이 되어 왕 자리를 놓고 다른 이들과 겨룰 준비가 끝났을 때 그녀는 병약해 보이는 남자를 만났다. 그리고 그를 따라 루비라는 성을 버리고 다이아몬드가 되었다. 오랫동안 그녀에게 기대하던 루비 가문은 저주를 퍼부었다. 재미있는 사실은 그녀를 가족으로 맞이한 다이아몬드조차 그녀에게 저주를 퍼부었다는 점이다.

카분은 그들과 싸우는 것을 망설이지 않았다. 그래서 다이아몬드 카분은 마침내 다이아몬드 가문을 집어삼키고 여섯 가문의 수장 중에서도 가장 속을 알기 어렵고 냉정하며 여러 가지 술수에 능한 사람이라는 평판을 얻었다.

그리고 끝내 절대로 무너지지 않을 것 같았던 에메랄드 가문의 왕을 끌어내렸다. 그를 죽이고 왕좌에 앉았을 때 아들은 어머니를 향해 울부짖었다.

- 어머니, 어째서 이렇게까지 해서 왕이 되셔야 합니까? 그것이 어머니에게 그렇게 중요합니까?

카분은 어리석은 아들에게 솔직하게 대답했다.

- 내게 중요해서 그렇게 한 것이 아니다. 그곳으로 가는 길이 보이는데 어떻게 외면할 수 있겠느냐?

아들은 그 마음을 이해하지 못했다. 어머니는 진작 알고 있었다. 아들은 그래서 평생 왕이 될 수 없었다. 그보다 재능이 뛰어난 자들, 라토나 아리셀리스나 카르멘 같은 이들이 비슷한 시기에 많이 태어난 탓이 아니라 그의 근본적인 결함 때문이었다.

시간이 지나 아리셀리스가 형의 원수를 갚겠다고 쳐들어왔을 때 카분은 직접 나가서 싸우는 것을 선택했다. 그것도 카니세리움을 조종하는 궂은일을 직접 맡겠다고 나섰다. 모두가 반대해도 듣지 않은 이유가 있었다.

다이아몬드 카분은 아리셀리스와 싸워서 이길 확률을 반반으로 보았다. 만약 진다면 아리셀리스는 궁전까지 단박에 날아와서 그녀를 죽일 것이다. 다른 이들은 용서해도 그녀는 용서하지 않을 것이다. 절반의 확률로 자기 목숨을 걸다니 그런 미련한 일이 또 어디 있겠는가.

그래서 그녀는 카니세리움을 조종하는 자기의 형상을 만들어 탑 위에 세워 두었다. 교묘하게 잘 만들어 놓은 위장이었다. 카니세리움이 주는 강한 존재감이 적으로 하여금 눈에 보이는 허상을 믿게 만들었다. 카분 본인은 처음부터 전장이 잘 내려다보이는 작은 언덕에 숨어 있었다.

전쟁은 아리셀리스에게 불리하게 진행되었다. 카분조차 한때 방심해서 탑 위에서 직접 적을 내려다보지 않은 일을 후회했다. 그랬다면 더 완벽한 승리의 기쁨에 취할 수 있었을 것이다.

그러나 멀리서 화살이 날아와 모든 일을 망쳤다. 그녀는 직접 똑똑히 볼 수 있었다. 멍청한 대장장이 왕과 경호원이 벌인 짓으로 전세는 순식간에 뒤집혔다. 경호원이 마지막 화살을 가짜 형상에 발사하는 순간 여왕은 패배를 직감했다.

그래도 저 오만한 에메랄드 라토를 죽이고 한때나마 권력을 쥐지 않았던가. 다이아몬드 카분은 후련하게 자기의 위장을 폭파했다. 화살이 와 닿는 바로 그 순간이었다. 적들은 폭발의 원인이 화살에 있다고 오해할 것이다.

승자들이 오만하게 시체를 찾는 동안 다이아몬드 카분은 이미 마법사 왕국을 둘러싼 산 바깥쪽 기슭을 절반이나 주파한 상태였다. 적들은 그 폭발이 카분의 몸을 가루와 증기로 만들어 세계에 뿌렸다고 여겼다. 그러나 카분은 생채기 하나 없는 멀쩡한 몸으로 그들에게서 멀어지는 중이었다.

정해진 목적지는 없었다. 그대로 북쪽으로 가면 루 도인이 나오지만 그 황폐한 땅을 디디고 싶은 마음도 없었다. 그저 걷다가 적당한 땅이 나오면 눌러앉아서 몸과 마음을 다스릴 생각이었다. 한때 아리셀리스도 이 근방에서 비슷한 방식으로 살았던 것을 카분은 기억하고 있었다.

마법을 쓸 힘이 바닥난 다음에는 보통 사람처럼 두 발로 걸었다. 고귀한 사람의 허벅지와 종아리와 발바닥은 금방 지쳤지만 개의하지 않았다. 힘들면 쉬고 기운을 차리면 다시 걸었다. 이 땅에도 아직 마법의 바람이 흐르기에 목이 마르거나 굶주리는 일은 없었다.

그렇게 걷다가 사람이 사는 듯 보이는 오두막 한 채에 접근한 것은 우연이었다. 카분은 그렇게 생각했다. 그러나 세상의 많은 법칙이 우연으로 가장하고 있다는 것을 그녀는 몰랐다. 그녀의 사고방식은 마법의 바람이 보이는 작은 현상에 오랜 기간 갇혀 옹졸하게 변해 있었다.

오두막을 보자 그 안에서 쉬고 싶다는 생각이 들었다. 안에 사람이 있으면 하인으로 삼거나 죽이면 그만이었다. 그런 마음으로 묻지도 않고 문을 열었다.

안은 햇빛이 제대로 비치지 않는데 은은한 촛불 한 자루만 켜 놓은 탓에 처음에는 어두운 공간이 사물로만 가득 찬 것처럼 보였다. 방금 딴 풀과 오랜 기간 말린 풀이 엮어 내는 묘한 냄새가 방문객의 코를 자극했다. 천장에 주렁주렁 매달린 각종 이름 모를 열매와 가지들이 눈에 들어왔다. 약초꾼의 집처럼 보였다.

한 걸음 더 들어서도 안쪽의 어둠은 미동이 없었다. 카분은 손가락을 튕겨 마법의 빛을 만들어 냈다. 푸르스름한 구슬 여러 개가 사방으로 퍼져 촛불의 미미한 빛을 삼켜 버렸다.

안쪽 어둠 속에 묻혀 있던 덩어리는 알고 보니 사람이었다. 팔뚝의 쪼글쪼글한 피부가 나이를 짐작하게 했다. 카분은 깜짝 놀라 뒤로 물러선 다음 부끄러워했다. 다행히 앉아 있는 사람은 등을 돌린 상태라 카분을 볼 수 없었다.

- 너무 밝으니 불을 줄여 주시오.

시체는 아니었다. 카분은 구슬의 크기를 줄였다. 파르스름한 빛은 이제 어둠에 져서 삼켜지는 것처럼 약해졌다.

- 고맙소.

이후에는 말이 없었다. 어깨부터 팔꿈치까지 들썩이는 것을 보니 안쪽에서 뭔가 작업이라도 하는 모양이었다. 불 없이 그러고 있는 것을 보니 눈이 보이지 않는 것은 아닐까 하는 의심이 들었다. 그렇다면 촛불은 무엇을 위함이며 불의 밝기는 왜 줄여 달라고 했을까?

카분은 어찌할 바를 모르고 우두커니 서 있었다. 이 고립된 공간에서는 시간조차 빠르게 지나가기 어려워 보였다. 모든 것이 몇백 년 전부터 그렇게 그 자리에 있었던 것처럼 자연스러웠다. 물건 하나만 옮겨도 우주가 만들어 내는 균형이 깨지는 느낌이었다.

그러나 방문자는 스스로 느끼기에도 이상할 정도로 그 속에 잘 섞여 있었다. 적어도 그 자리에 가만히 서 있는 동안에는 그랬다. 대신 발걸음을 더 떼거나 팔을 섣불리 휘둘렀다가는 오랜 평화를 해치는 것 같아 좀처럼 움직일 수 없었다.

시간이 흘러갔다. 몇 시간이나 지났다. 어쩌면 몇 분일 수도 있었다. 며칠이 지났다고 말해도 결국에는 믿을 것이다.

-앉으시오.

그 말이 신호가 되었던 것처럼 균형이 잠깐 틈을 보였다. 카분은 그새를 놓칠까 두려워 가까이 보이는 등받이 없는 작은 의자에 주저앉았다.

다시 셀 수 없는 시간이 흐른 다음 등을 보였던 사람이 움직였다. 카분이 반응하기도 전에 그는 성큼성큼 걸어와 반대편 의자에 앉아 있었다. 이 집에서는 정말 시간이 제멋대로 흘렀다.

카분은 그가 짐작한 대로 주름 많은 노인이지만 피부가 어린아이처럼 고운 것을 보고 눈썹을 찡그렸다. 주위가 어둑한데도 그의 얼굴에서는 광채가 나는 듯했다.

-그대는 이곳을 방문한 사람 중에 두 번째로 신분이 높은 사람이오.

-그러면 첫 번째는 누구입니까?

카분은 질문을 던져 놓고 나서야 순서가 꼬인 것을 알았다. 먼저 내가 누구인지 아십니까, 이렇게 물어야 순서가 맞았다.

―첫 번째는 제국의 황제였지. 그대들이 첫 황제라고 부르는 사람 말이오.

한때 마법사 왕국을 다스리던 사람은 코웃음을 쳤다. 첫 황제라니, 그는 죽은 지 200년이 훌쩍 넘은 사람이었다. 겉보기와 다르게 노인은 허풍쟁이였다.

―그다음에도 몇십 년에 한 번 손님이 들르곤 했지. 가장 최근에 온 친구는 루 도인이었소.

아무래도 농담처럼 들리지는 않고 사뭇 진지했다.

―젊은 친구였는데 실의에 빠져 있었지. 자기가 믿었던 동족으로부터 쫓겨났으니까. 게다가 그는 자기가 생각하기에 선한 일을 한 죄로 쫓겨났거든. 그 죄가 무엇인지 아시오?

―모르겠습니다.

―가련한 소녀에게 수분이 풍부한 열매를 주었지. 그 소녀의 입술이 메말라 터진 것을 보고 말이야. 자비로움이 아닌가. 그는 자비로움의 대가를 치렀소.

―그렇군요.

―그는 갈 곳이 없어 한동안 이 주변에 머물렀지. 나는 그에게 약을 만들어 주었소. 루 도인의 피부색을 감출 수 있는 약

이었지. 그는 자기가 무엇이 되었는지 밝히지 않지만 바람이 내게 모두 말해 준다오.

─제가 누구인지 아십니까?

─그렇소. 그대는 얼마 전까지 마법사들을 다스리는 왕이었지. 여기까지 온 것을 보면 일이 뜻대로 풀리지는 않은 것 같지만.

─그것을 어떻게 아십니까?

─바람이 실어다 주었으니까.

─마법사이십니까, 아니면 예언자이십니까?

─둘 다 아니오. 나는 그런 것들을 초월한 존재라고 말할 수 있지. 설명하는 것은 때로 무용하오.

─그러면 정말 첫 황제를 만나셨나요?

이 질문에는 소녀 같은 순수한 호기심이 담겨 있었다. 한편으로 카분은 노인의 수작에 말려든 것 같아서 불쾌했다. 그러나 달리 보는 사람도 없지 않은가?

─만났지. 더는 의심하지 마시오.

이후로 카분은 명령을 따르고 다시는 의심하지 않았다. 어떻게 된 일인지 모르겠지만 머리가 자연스럽게 받아들였다. 저분을 의심해서는 안 된다.

─이곳을 발견할 수 있는 사람은 정해져 있소. 마음에 희망

과 용기가 남아 있고 스스로 아직 무언가를 이룰 능력이 남아 있다고 믿는 사람은 여기 올 수 없소. 그러나 반대로 완전한 절망에 빠진 자들도 이 근처에 올 수 없지. 이곳은 희미한 경계에 걸쳐 있는 땅이오.

― 제가 그런 상태라는 말씀이군요.
― 여기에 온 것을 보면 그렇겠지. 그대는 무엇을 원하오?
― 글쎄요.

다이아몬드 카분은 뺨을 간질이는 긴 머리카락을 뒤로 쓸어 넘겼다. 예전 같으면 창을 세워 만든 것 같은 화려하고 날카로운 머리 장식에 단단히 고정되어 있겠지만 이제 그런 것들은 그녀에게 아무런 의미가 없었다.

― 한때는 왕이 되고 싶었으나 지금은 아니겠지.
― 마음도 읽으시나요?
― 그대가 강한 욕망을 지니고 있다면 이곳에 올 수 없었을 테니까.
― 제가 무엇을 원하는지 모르겠지만 묻고 싶군요. 제게 무엇을 주실 수 있습니까?
― 보시다시피 나는 약초꾼이오. 그대에게 필요한 약을 줄 수 있지.
― 제게 무엇이 필요한데요?

―마시기 전에는 알 수 없지.

노인은 잽싸게 몸을 일으키더니 어둠 속으로 사라졌다. 그 날쌘 동작이 어린아이 같아서 카분은 속이 메스꺼워졌다. 몇백 살이나 먹은 주제에 어린아이처럼 행동하는 것을 몸과 마음이 받아들이지 못했다.

또 얼마나 많은 시간이 지났는지 몰랐다. 노인의 정체에 대한 호기심조차 마침내 가라앉은 것을 보면 꽤 시간이 흐른 듯했다. 그러나 배가 고프다거나 목이 마른 느낌은 없었다.

주름살이 많은 아이처럼 보이는 노인의 얼굴이 어둠을 뚫고 달처럼 솟아오르자 다시 속이 뒤집혔다. 처음보다는 참을 만했다.

―여기 있소.

물약은 투명했으나 빛이 제대로 닿지 않는 곳에서 정확한 색깔은 알기 어려웠다. 카분의 표정을 읽고 노인이 웃었다.

―독약은 아니오. 목숨을 끊는 것은 그대의 소망이 아니니까.

카분은 고개를 끄덕이고 마개를 연 다음 냄새가 코에 흘러들 틈도 없이 곧바로 마셔 버렸다. 생각했던 것과 다르게 입안에 퍼지는 맛과 향은 싱그러웠다. 잠깐 어지러운 듯도 했지만 금방 정신이 돌아왔다.

― 마셨지만 아무 일도 일어나지 않았습니다.

노인은 얼굴이 마구 일그러지도록 웃었다.

― 사람이 둔하기가 이와 같구나. 여기 이걸 줄 테니 약효가 떨어질 때마다 한 방울씩 물에 타서 드시오. 약효가 떨어지는 건 몸이 금방 느낄 테니까.

카분은 쫓겨나다시피 오두막에서 나왔다. 노인이 준 약이 효과가 있었는지 몸에 힘이 넘쳐났다. 숲을 달려 나가다가 문득 궁금한 점이 생겨 오두막으로 돌아가고 싶어졌을 때, 나뭇잎에 새겨진 글자가 눈에 들어왔다. 처음 보는 문자였지만 태어나기 전부터 안 것처럼 읽을 수 있었다.

약이 떨어질 때까지는 올 수 없소.

눈을 잠깐 깜빡였다가 다시 떴을 때 글자는 신기루처럼 사라지고 없었다.

카분은 약병을 품속에 잘 간직한 채 방향도 모르고 걸었다. 그녀가 이상한 점을 알아차린 것은 반나절이나 지난 다음이었다. 한 줄기 시내를 찾아 물을 마시려고 손을 뻗었을 때 비로소 변화가 눈에 들어왔다. 손등의 매끄러운 피부가 익숙하면서도 낯설었다.

얼른 물에 얼굴을 비춰 보았으나 흔들리는 표면에는 상이 제대로 맺히지 않았다. 손을 뻗어 마법의 힘을 흘려보내 작은 거울을 만든 다음에야 얼굴이 뚜렷하게 보였다. 그 안에는 다이아몬드 카분이 아니라 루비 카분, 아직 아무것도 정해지기 전 자신만만함이 넘치는 젊은이가 있었다.

─역시 보통 노인이 아니었군.

카분은 젊어진 얼굴에 어울리지 않게 껄껄 웃은 다음 고민하지 않고 방향을 정했다. 그녀의 목적지는 당연히 마법사 왕국이었다.

한편 오두막 안의 노인은 손을 쉬지 않으면서 같은 말을 반복해서 중얼거렸다.

─하나가 새로 왔으니 이전 사람은 올 수 없겠군. 하나가 새로 왔으니 이전 사람은 올 수 없겠군.

- 마법으로 세상 모든 것을 설명할 수 있네.

마법의 힘을 벗어나는 것은 세상에 존재하지 않지.

그러니까 마법으로 할 수 없는 일은

세상에서 일어날 수 없는 일이네.

세타세는 말을 끝마치자마자

자기 앞의 술잔을 벌컥 들이켰다.

앞에 앉은 사람은

참으로 건방진 말이라고 생각하면서도

그의 비위를 맞추기 위해 반박하지 않았다.

IV

**황제의 목숨과 제국 수도의 소유를
둘러싸고 격렬한 전투가 벌어진다**

아침 7시가 되자 사람들이 하나둘씩 나타났다. 그들은 생기 없는 표정과 그에 걸맞지 않은 힘찬 몸짓으로 장사를 준비했다. 팔뚝에 번들거리는 땀과 생선 비늘이 반짝이는 모습을 보고 있노라면 둘이 세상의 심오한 이치를 공유하기라도 하는 듯 보였다.

차갑던 땅은 금방 달궈졌다. 사람들이 더 늘어나더니 슬슬 물결 같은 흐름을 형성하기 시작했다. 점점이 박혀 있는 오셀롯의 병사들을 빼면 평소와 다를 바가 없었다.

그러나 사람들의 태도가 평소와 완전히 같다고는 할 수 없었다. 그들은 불안한 눈빛을 교환하며 수군거렸다.

- 황제의 행방을 알리는 사람에게 어마어마한 상금이 걸렸어. 노예에서 단번에 귀족이 될 수 있다는 거야.

- 까마귀들의 탑은 철거할 거라는군.

- 황제는 갑옷을 벗지 않는 기사가 지키고 있대. 태어나서

한 번도 벗은 적이 없다는데?

 - 그러면 아기가 태어나자마자 갑옷을 입힌 거야? 자라면서 갈아입기는 한 건가?

 - 자네, 작이라는 이름을 들어 본 적이 있나? 그가 까마귀들의 수장이라는데 그를 잡는 데 도움을 주면 황제를 잡는 것에 못지않은 상금을 준다는데?

 - 황제도 잡기 어려운데 까마귀들을 다스리는 사람을 어떻게 잡겠나?

거리를 순찰하는 병사들의 귀에 이런 말들이 들어오지 않을 리가 없었다. 황제라든가 작이라는 단어를 들으면 그들의 귀가 움찔거렸으나 따로 행동하지는 않았다. 치안을 어지럽히는 행위를 빼고는 개입하지 말라고 단단히 명령을 받아 둔 참이었다.

오셀롯의 신하이자 그라스 시비스의 부하이기도 한 기병대장은 수도에 눌러앉아 있었다. 당면한 과제는 크게 두 가지였는데 하나는 상관에게 새 명령을 받는 일이고 다른 하나는 황제의 행방을 추적하는 일이었다.

실은 그라스 시비스가 신경증으로 쓰러지고 언제 건강을 회복할지 모른다는 소식이 들려온 다음에는 의욕을 잃고 있었다. 황제를 추적하는 일도 당연히 제대로 되지 않았다. 제국의 군대는 정보를 모으는 훈련을 받지 않았다. 정보는 까마귀들이 물어다 주게 되어 있었다.

그런 상황에서 이날 아침 낯선 노인이 찾아왔다는 소식을 들어도 당연히 몸에 전율이 인다거나 하는 일은 없었다. 병사가 머뭇거리며 말하기 전까지는 그랬다.

─저, 자기 말로는 까마귀들의 수장인 작이라고 합니다.

기병 대장은 울상을 지었으나 기쁜 듯도 했다.

─어서 모셔라. 아니, 데리고 와라.

작은 체구에 머리끝부터 발끝까지 검은 옷을 입고 두건을 둘러쓴 사람이 안으로 들어왔다. 기병 대장은 예전에 멀찍이 떨어진 곳에서 작을 본 일이 있었다. 그 살기 어린 눈은 카니세리움이나 용의 눈알을 떼어다가 사람 얼굴에 붙여 놓은 것 같았다. 지금 다시 그 눈을 마주하노라니 틀림없다는 확신이 찾아왔다.

─수도를 점령하지는 못했으나 성은 차지했군.

작은 기병 대장을 보자마자 대뜸 독설 비슷한 말을 했다.

─무슨 말씀입니까?

기병 대장은 상대를 언제든지 체포할 수 있으면서도 존대할 수밖에 없었다. 까마귀들의 수장을 적으로 돌리는 건 그의 부하가 밤기운을 타고 스며들어 목에 칼을 꽂는 것을 각오하지 않고서야, 예절도 없고 야만적인 스타인 땅으로 평생 도망쳐 살 게 아닌 다음에야 절대로 해서는 안 될 일이었다.

- 이 성벽 안에 군대가 주둔한다고 수도를 점령한 건 아니라는 뜻이네. 그저 잠시 머무는 것일 뿐이지. 황제라도 잡으면 또 모를까.

- 저를 놀리려고 오셨습니까?

- 그럴 리가 있나.

작은 두건을 벗어 매끈한 머리와 매서운 눈빛을 좌중에 보인 후에 가까운 병사에게 신호를 보내 의자를 가져오게 했다. 의자에 털썩 앉았을 때 그의 입은 분명 웃고 있었다.

- 이제 모든 일을 마무리 지을 시간이 왔다는 말일세. 제국의 모든 일은 까마귀 없이는 그렇게 되지 않지.

- 그 말씀은.

- 황제를 잡게 해 주겠네. 나는 그가 어디 있는지 아니까.

- 물론 아시겠지요. 그런데 아무 조건도 없이 말씀이십니까?

- 저 예민한 그라스 시비스가 아낄 만큼 영특하군. 대단한 조건은 없네. 그저 내가 시내를 활보하더라도 자네의 부하들이 방해하지 않는 것으로 족하지.

그라스 시비스는 수도에 들어갔을 때 까마귀들의 수장을

어떻게 대할 것인지 따로 명령을 내려 둔 일이 없었다. 다만 황제를 생포하는 것을 최우선 목표로 삼으라고 했었다.

― 그리고 한 가지 더 부탁이 있네.

기병 대장은 자기도 모르게 침을 꿀꺽 삼켰다. 작의 예리한 귀는 그런 것을 듣고 상대의 기분을 파악하는 일에 능했다. 루도인의 감각은 피부색을 가리는 약을 먹는다고 해서 전부 없어지지 않았다.

― 너무 어려운 것은 들어드릴 수 없습니다.

― 전권을 위임받았을 텐데?

― 어디까지나 임시 권한입니다.

― 어차피 그라스 시비스나 오셀롯은 오지 않을 테니 그대 혼자 모든 것을 결정해야 하네.

제국에 대항해 반란을 일으켰다고는 하나 에젠 황제인 오셀롯의 이름을 함부로 부르는 것은 경악스러운 일이라 주위의 공기가 차갑게 식었다.

― 오지 않을까요?

― 오지 않지.

까마귀들의 수장이 그렇게 말한다면 사실이었다.

― 그래서 무엇을 원하십니까?

― 황제를 잡으면 나와 독대할 시간을 주게.

기병 대장은 잠시 고민했다. 거절하는 것보다는 황제를 잡는 것이 더 중요했다. 진퇴양난의 처지에서 황제가 있으면 대세를 바꿀 수 있었다. 황제만 에젠까지 끌고 갈 수 있다면 전쟁에서 승리했다고 말해도 좋았다.

— 죽이지 않으시겠죠?

— 무슨 소린가? 마지막으로 이야기를 나누려고 하는 거야.

— 황제의 몸을 해치지 않으신다면 허락하겠습니다.

허락이라는 말에서 어쨌든 권위가 묻어났다. 기병 대장은 한때 까마귀들의 수장이었던 사람에게 끝까지 설설 기지 않는 쪽을 선택했다. 작에게 호감을 얻으려면 마땅히 택해야 할 길이었다. 작은 겁쟁이와 아부꾼을 좋아하지 않았다.

— 알겠네. 황제를 잡으면 다시 찾아오지.

— 어디로 알리면 되겠습니까?

작이 다시 웃었다. 기병 대장은 그 표정이 평생 잊히지 않고 가끔 꿈에 나와서 자신을 깨울 것을 직감했다.

— 황제를 잡으면 그대보다 내가 먼저 알 텐데? 황제는 서문으로 나가면 북서쪽으로 넓게 펼쳐지는 여러 동산 중 하나에 숨어 있네. 그 동산들을 합쳐서 제닌이라고 불렀던가? 저항이 격렬할 테니 병력을 아끼지 말게.

작이 다시 검은 두건을 뒤집어쓰고 나가는 동안 모두가 그의 뒷모습을 보고만 있었다. 작이 사라지자마자 명령이 내려졌다. 병력의 절반은 북문으로 신속하게 나가 넓은 포위망을 펼쳐 퇴로를 차단하고, 대장이 이끄는 나머지 부대는 남문으로 나가 적과 맞닥뜨리는 계획이었다. 성안에는 최소한의 병력만 남겨 두었다.

－이 모든 것이 저 간교한 작의 계략일 수 있습니다. 만약 작이 수도를 탈환하려고 들면 어쩌시겠습니까?

부하 중 하나가 간언했다.

－지금까지 여기서 모은 첩보를 모아 보면 황제와 작은 그렇게 사이가 좋지 않아. 황제의 군대가 까마귀들의 둥지를 들쑤셔 놓았지. 작은 그저 복수를 하고 싶은 거야.

기병 대장은 한마디를 덧붙였다.

－그리고 작이 수도를 차지하겠다고 나선다면 차라리 바깥에 있다가 맞서 싸우는 편이 더 안전할 수도 있어.

－어째서 그렇습니까?

－제국 수도 자체가 작과 까마귀들이 만든 하나의 커다란 둥지나 마찬가지이기 때문이지. 이 안에 있는 것만으로 피부에 소름이 돋을 때가 있지 않나?

군대는 지체하지 않고 양방향으로 출동했다. 누군가가 이 모습을 보고 황제 측에 알리면 좋으련만 그럴 의지나 수단을 모두 가진 사람이 더 이상 남아 있지 않았다.

 팔라스 펠리스는 정말로 동산들 사이에 만들어진 완만한 골짜기에 숨어 있었다. 얕은 언덕들이 사방에 깔렸다고는 하나 피난처로 좋은 선택지는 아니었다. 몸을 피하자면 한여름에도 꼭대기의 눈이 녹지 않는 메루산까지 가야 했다. 세상을 덮을 듯이 솟은 제국 최고의 산까지 걸어서 하루 이틀이면 충분했다.

 그러나 몸이 비대한 팔라스 펠리스는 평소답지 않게 무리해서 걷는 바람에 발목을 다쳤다. 낮은 언덕도 평지만 걷던 황제에게는 험지였다. 그들에게는 이제 마차가 없었고 설령 있다고 해도 바퀴가 구르기에는 꽤 험난한 길이었다.

 아크마트 대공이 여전히 그의 곁을 지키고 있었다. 그는 연이은 피난과 전투에도 피곤한 기색을 드러내지 않았다. 그 강철 같은 모습은 한때 무라고 불렸던 알로말의 마음에도 감동을 주었다.

 수도가 점령되던 날 알로말이 뒤에 남았을 때 황제를 비롯한 사람들은 모두 그가 시간을 벌어 주고 전사할 것으로 예상했었다. 그러나 알로말이 몸에 피 칠갑하고 무사히 돌아온 다음에는 생각을 고쳐먹었다.

 ─내게 그대를 보낸 것은 아직 하늘이 날 버리지 않았다는

듯이야.

 황제는 그렇게 갑자기 나타난 젊은이를 치하했다. 알로말은 한때 루 도인 장군으로서 그의 목숨을 노렸던 과거를 잊고 충성을 맹세했다. 그는 황제에게 부탁할 것이 있었다. 그러나 아직 적당한 시기가 오지 않았다.

 알로말의 등에 루 도인 전체의 운명이 매달려 있었다. 그는 그래서 신중해졌다. 젊은이는 기질적으로 쉽게 자기의 몸을 불사르려고 하지만 수천수만의 목숨 앞에서는 피가 저절로 식었다.

 아크마트는 차마 황제의 곁을 떠나지 못하고 대신 부하를 보내 자기 부대를 소환했다. 그들은 스타인 오른쪽에 갈비뼈처럼 붙은 폴로 공국에서 출발해 대공과 황제를 구하려는 일념으로 밤낮없이 달려오고 있을 것이다.

 -여기서 더 시간을 끌 것이 아니라 들것이라도 만들어 황제를 옮겨야 합니다. 이곳은 사방이 뚫려 적이 공격하면 피할 곳이 없습니다.

 어찌어찌 혼란 중에 수도에서 탈출해 황제의 곁을 지키고 있는 서기관 중 하나가 아크마트에게 충고했다. 평생 책만 읽던 사람이 군인에게 그런 충고를 하는 것이 우스운 일이기는 했으나 정론이었다. 창을 가로세로로 묶고 옷을 찢어 연결하면 아무리 황제가 무겁다고 해도 그럭저럭 쓸 만한 물건을 만들 수 있을 성싶었다.

하지만 계획을 실행에 옮기기도 전에 멀리서 포위망을 형성한 적이 눈에 들어왔다. 다리 때문에 생전 처음 땅바닥에 앉은 황제는 망연한 얼굴로 아크마트와 알로말의 얼굴만 번갈아 보았다. 황제는 움직일 수 없으니 황제를 지키는 자들도 그 자리에서 적의 병력을 막아야 했다.

아크마트는 루 도인 젊은이의 얼굴을 확인했다. 그의 눈빛은 정직했다. 무모한 싸움입니다. 그러나 항복하려는 기색은 보이지 않았다.

－도망가려면 아직 길이 있네.

아크마트는 알로말의 의지를 알면서도 괜히 떠보았다. 그러고 보면 이 젊은이는 아들 모제스와 닮은 구석이 있었다. 외모는 전혀 달랐지만 새로운 세대가 왔다는 것을 실감하게 해주는 점이 같았다.

－여기서 황제를 버리고 도망가서 무슨 영광을 얻을 수 있겠습니까?

－영광 때문에 남는 건가?

알로말은 잠시 망설이다가 이 사람에게는 거짓말을 해도 통하지 않는다고 생각했다.

– 개인의 영광이 아니라 더 원대한 것을 이루려고 합니다.

– 알겠네. 그렇다면 여기서 저들을 막아야 하네.

아크마트는 스스럼없이 알로말의 어깨에 손을 얹었다. 그의 두툼하고 따뜻한 손에서 기운이 전달되는 듯했다. 알로말은 전에도 그랬지만 이 순간부터 눈앞의 사람을 더 존경하게 되었다.

– 막을지도 모릅니다.

이쪽은 아크마트와 알로말을 빼면 십여 명이 고작이었다. 반대로 적의 숫자는 대충 봐도 수백이었다. 머릿수는 더 되었지만 칼에 베이고 찔리는 것 외에는 싸움에서 역할이 없는 사람들이었다.

알로말은 혼자서 50명은 너끈히 상대할 자신이 있었다. 그래도 혼자 힘으로는 부족했다.

황제가 손짓으로 아크마트를 불렀다. 바닥에 널브러진 모습이 비참했으나 그렇다고 권위가 모두 땅에 흡수된 것은 아니었다. 황제의 비참한 처지는 묘한 존경심을 이끌어 냈다.

– 차라리 항복하는 것은 어떤가?

– 그것도 방법입니다. 오셀롯을 대면할 때까지는 가둬 두겠지요. 그러나 한번 잡히고 나면 풀려나는 것은 쉽지 않습니다. 여기서 항복하면 오셀롯이 제국의 주인이 됩니다.

- 한때 그가 제국의 주인이었지.

- 이제는 아닙니다.

황제는 더 말하지 말라는 아크마트의 생각을 눈치채고 입을 다물었다.

이때 제국 수도의 성벽 안쪽에서 작은 소란이 일어났다. 황제와 아크마트와 알로말은 당장 쇄도하는 적에게 신경 쓰느라 그 신호를 무시하고 넘어갔다. 그러나 실은 매우 중대한 일이 벌어지고 있었다.

그라스 시비스의 반란군을 몰아낸 바실 장군은 플리니 대공과 함께 서둘러 수도로 달렸다. 먼저 간 그라스 시비스의 기병 부대를 따라잡기 위해서였다. 장군과 대공은 강행군을 마다하지 않았고 마침내 동문에 도달해서 싸움이 벌어졌다. 지키는 자가 몇 되지 않았기에 결과는 일방적이었다.

그러나 제국의 성벽과 동산이 갇힌 사람의 시야를 막아 그들은 이 사실을 몰랐다. 조금만 더 버티면 구원이 찾아온다는 것을 짐작할 수 없었다.

반면에 황제를 포위한 기병 대장은 무슨 일이 일어났는지 금방 알 수 있었다. 부하들이 성으로 돌아갈 것을 제안하자 따끔한 호통이 날아왔다.

- 우리가 지금 돌아간다고 해도 이미 성을 차지한 자들을

막을 수 있겠느냐? 차라리 여기서 황제를 붙잡아야 한다. 황제를 인질로 삼으면 저들도 함부로 나설 수 없다.

그는 오히려 부하들에게 소리를 질러 성안의 혼란을 가리라고 명령했다. 그의 생각이 적중해서 황제 쪽은 끝내 상황을 파악하지 못했다.

그래도 전진은 더디 이루어졌다. 산세가 험하지는 않아도 말을 타고 자유롭게 누비는 것은 무리라서 모두 두 발로 걸어야 했다. 게다가 황제 일행이 구릉을 벗어나 골짜기 안으로 숨었으니 자세히 수색할 시간이 필요했다. 당장 성안을 정리하느라 금방 이쪽으로 나오지는 않겠지만 적은 방어 병력의 태반이 사라진 이유를 금방 알아내고 황제를 구하러 올 것이다.

서문이 활짝 열린 것과 오셀롯의 기병들이 황제 일행을 찾아낸 것은 거의 동시였다. 아크마트와 알로말은 당대의 영웅처럼 싸웠다. 아크마트는 알로말이 움직이는 모습을 보고 감탄하며 그가 보통 인간이 아님을 알아차렸다.

알로말이 날뛰는 모습에 겁을 먹고 적은 좀처럼 접근하지 못했다. 병사 중 하나가 그가 방심한 틈을 타서 가슴에 창을 찔러 넣었는데 그가 아무렇지도 않은 것을 보고 두려움이 더 커졌다.

-악마다.

 불사신이다. 갑옷도 안 입었는데.

평생 갑옷을 벗지 않는 사람의 전설은 이때부터 태동을 준비하고 있었다. 알로말은 피식 웃으며 가볍게 적을 떨쳐 냈다.

전투가 한창 벌어지고 있는 무대의 뒤편에서 작고 검은 그림자 하나가 민첩하게 움직였다. 한 방향으로 쭉 나가는 것을 보면 처음부터 목적이 확실했다. 종착지에는 황제가 있었다.

 작.

몸집이 거대한 전사가 그림자의 앞길을 막았다.

 아크마트.

멈춰 선 그림자가 비웃듯 그의 이름을 불렀다.

에이어리는 그 과업이 당연히 빼앗긴 나라를 탈환하는 일이라고 생각해 따로 묻지 않았다. 훗날 에이어리는 어두컴컴하고 좁은 공간에서 이때 만약 호기심을 드러냈더라면 어떤 대답이 나왔을까 곰곰이 생각할 기회를 얻게 되었다.

옛날, 먼 옛날 메루와 다른 동산들은
어울려서 살았다. 처음에는 메루도
다른 산들과 크기가 비슷했지만
이유를 모르게 점점 자라나서
다른 산들을 내려다보게 되었다.
메루는 마땅히 자기가 산들의
왕이 되어야 한다고 생각했다.
자애로운 왕은 아니었으니 심심할 때마다
다른 산들을 툭툭 건드리며 괴롭히는 것이 취미였다.
-이보게, 자네가 칠 때마다 내 몸의 소중한 흙과
바위가 떨어져 나가니 그만하게.
나이가 많은 동산이 그렇게 타일러도
젊고 강한 메루는 듣지 않았다.
동산들은 불만이 많았지만 메루를 당할 자신이 없었다.
메루는 그동안에도 점점 커졌다.
이제는 하늘에 머리가 닿을 듯했다.
그렇게 커진 만큼 움직임이 예전처럼 민첩하지 않았다.
그 모습을 보고 동산 중 하나가 제안했다.

– 저 메루가 강해서 도저히 이길 수 없지만

달리는 속도는 우리가 더 빠르지 않겠습니까?

메루가 잠든 사이에 도망치면

우리를 잡을 수 없을 겁니다.

모든 동산이 그 말에 동의했다.

어느 날 메루가 자는 틈을 타서 동산들은

살금살금 그의 곁을 벗어나 남쪽으로 도망쳤다.

잠에서 깨어난 메루는 머리 꼭대기에서

분노를 터뜨리고 동산들을 추격했다.

하늘 아래 홀로 서서 무슨 재미가 있겠는가?

그는 동산들을 영원히 다스리고 싶었다.

그러나 비대해진 몸 때문에

끝내 따라잡지 못하고 멈춰 버렸다.

도망치던 동산들도 메루가 땅에 주저앉은 것을

보고는 안심하고 그 자리에 앉았다.

세월이 지나 그 옆에 제국 수도가 세워졌다.

메루산에서 발원한 물줄기가 사람들의 목마름을

달래 주기에 적합한 자리였다.

메루산은 제국 수도의 북쪽에서

여전히 동산들을 노려보고 있다.

사람들이 말하기를 메루산이 다시

분을 품고 일어난다면 큰 화가 닥칠 테니,

그때는 제닌이라고 불리는 동산들의 무리에서

되도록 멀리 떨어져야 한다.

V

**영원히 굳건할 것 같았던
황제와 제국의 삶이 단숨에 결정된다**

－작.

그를 처음 본 적이 언제였는지 아크마트는 기억이 나지 않았다. 영원히 그를 알았던 것도 같았다. 언제나 변함없는 모습이었다. 검은 옷을 입고 그보다 더 검은 눈으로 사람들의 마음을 절망으로 몰아넣었다.

－아크마트.

작은 아크마트를 처음 만난 순간을 잊지 않았다. 둘 다 권력의 끄트머리에서 상승하려고 몸부림치는 말단이었다. 그들의 약점은 젊음이 아니라 제국의 이방인이라는 사실이었고, 서로를 만나자마자 설명하기 어려운 동질감을 느꼈다. 그때부터 지금까지 제국은 그들을 진정으로 받아들인 적이 없었다.

－황제를 지키러 오셨소?

아크마트는 대답을 알면서 괜히 물었다.

－나는 제국 사람이 아니오. 게다가 저 사람은 내가 평생 가

꾼 둥지를 허물었지. 그러니까 저 사람은 내 황제가 아니오.

　- 그대가 먼저 황제의 목숨을 노렸소.

　- 내 황제가 아니었으니까.

　- 그러면 그대는 무엇을 섬기오?

　- 나를 섬기지.

　- 평생?

　- 평생.

아크마트는 손에 든 칼을 앞으로 내밀었다.

　- 황제를 해치겠다면 내가 막겠소.

　- 그대가 대단한 용사인 것은 알고 있지만 나를 막을 수는 없을 거요. 나는 루 도인이니까.

　- 나도 루 도인 출신이오.

　- 그런 말이 아니오. 나는 진짜 루 도인이지.

작은 검은 두건을 벗었다. 약을 마실 시간이 지나는 바람에 피부가 창백한 색깔로 바뀌어 있었다. 아직 물감을 칠하지 않은 종이 같았다. 마치 강처럼 사방으로 흐르는 푸른 정맥이 징그럽게 보였다.

　- 그대는.

　- 진짜 루 도인이지. 나는 태어나서 단 한 번도 이름을 바꾼 적이 없소. 단음절인 내 이름과 비상한 움직임만 연결해도 쉽

게 알 수 있었을 텐데.

아크마트는 잠시 할 말을 잊었다.

─이미 알고 있었네.

대답은 주저앉은 황제 팔라스 펠리스의 육중한 몸에서 나왔다.

─그대가 루 도인이라는 것을 알았지.

─역시 영민하시군요.

─그대가 루 도인이라는 사실은 중요하지 않았네. 그대는 역사상 가장 강력한 까마귀들의 수장이었으니까.

─그런 칭찬으로도 당신의 가슴에 꽂히는 내 칼을 피할 수는 없을 겁니다.

황제는 눈을 내리깔고 무언가를 생각했다.

─알겠네. 적어도 내가 왜 죽는지는 말해 줄 수 없을까?

─좋습니다. 당신이 사촌 오셀롯을 죽여 달라고 내게 부탁했기 때문입니다.

─어려운 부탁이었던가?

─나는 당신이 오셀롯보다는 조금 나은 인간이라고 생각했습니다. 그러나 그날의 만남 이후 당신도 오셀롯이나 다름없는 천치인 것을 알게 되었죠. 당신들은, 펠리스는 모두 문제가 있습니다. 당신들이 세상을 다스려서는 안 됩니다.

―그럴지도 모르겠군.

 황제는 순순히 인정했다. 작도 드디어 다른 신하들이 느꼈던 것과 같은 감정이 마음에서 솟아나는 것을 경험했다. 황제는 지금 태어나서 가장 비참한 처지에 놓여 있었지만, 그런 상황이 그의 위엄을 감하기는커녕 더 돋보이게 했다. 그는 스타인에서 빼앗아 온 보석이 박힌 의자보다는 흙바닥에 있을 때 오히려 황제처럼 보였다.

―그것이 그대에게 황제를 죽여야 할 이유를 주지는 않소.

 아크마트가 다시 끼어들었다.

―하늘이 우리의 대결에 끼어들어 결정해 주겠지. 우리는 그 뜻을 따르면 되는 거요.

 작은 이 순간 어째서인지 루 도인 사막에서 만났던 소녀가 생각났다. 입술이 갈라져 피가 흘렀던 아름다운 소녀. 그녀에게 복숭아를 건넨 것이 그를 여기까지 데려다 놓았다. 그의 방에 놓인 복숭아 화분이 상상 속에서 소녀와 하나로 겹쳤다.

 생각을 떨치기 위해 까마귀들의 수장은 황제에게 달려들었다. 팔라스와 아크마트의 눈에는 빛처럼 재빨랐다.

 애초에 약을 끊은 것도 루 도인의 신체 능력을 온전히 활용하기 위해서였다. 신비로운 약은 외모만 변하게 하는 것이 아니라 신체 능력도 일부 저하했다. 제국에 온 이후로 처음 복용을 중단하자 몸놀림이 젊은 시절처럼 가벼워졌다.

어쩌면 느낌뿐일 것이다. 세월이 지나서 무뎌진 신체는 돌이킬 수 없다. 그러나 조금이라도 더 빨라진다면 황제의 피를 바닥에 쏟을 확률이 그만큼 높아지는 것이다. 그런 가능성을 떠올리기만 해도 작은 아주 행복했다.

제국의 까마귀들에게는 오랜 세월 동안 전해 내려온 격언이 있다. 그중 일부는 자연 세계의 까마귀가 지닌 습성을 설명하는 것이었다.

-늙은 까마귀는 털갈이할 시기가 아닌데도 깃털이 빠지는 것을 보고 자기의 죽음을 예감한다. 평생 자연에 도전하며 살아온 이 생명체는 가만히 둥지에 앉아 죽는 방식을 선택하지 않는다. 그는 하늘을 가로질러 맹금에게 당당히 도전한다. 패배를 예감하면서도 그렇게 하는 이유는 장렬한 최후만이 그 삶에 합당한 결말이 되기 때문이다.

젊은 시절 작은 이 연설을 듣고 크게 감동받은 일이 있었다. 지금이라면 어림도 없는 일이라고 생각하고 비웃겠지만 그때 받은 감동은 딱딱해진 가슴에도 여전히 작용했다. 까마귀들의 수장이라면 마땅히 그런 최후를 맞이해야 했다.

동족인 루 도인으로부터 쫓겨나 이리저리 배회하다가 마법사인지 약초꾼인지 말하기 어려운 사람을 만났을 때 그는 약을 건네며 경고했다.

 ─ 이걸 마신다면 그대가 루 도인이라는 사실을 감출 수 있 겠지만 대신 남들보다 오래 살 생각은 버려야 하네. 그래도 괜찮겠나?

 ─ 오래 사는 것은 제게 의미가 없습니다. 그보다는 멋지게 살고 싶습니다.

 그때부터 그는 까마귀들의 수장이 걸어야 할 길을 걷고 있었다. 까마귀들은 삶의 방식이라는 말을 좋아했다. 결과보다 중요한 것은 나중에 회고해 보았을 때 멋지게 살았다는 확신이었다. 두 황제를 죽이는 것보다 멋진 삶의 방식이 어디 있을까?

 아크마트는 황제를 향해 달려드는 작이 중얼거리는 것을 들었다.

 ─ 삶의 방식.

 그는 재빨리 칼을 휘둘러 까마귀들의 수장을 뒤로 물러서게 했다. 작의 입술은 위아래가 꽉 닫혀 있어서 조금 전 들은 말이 환청 같았다.

 작은 아크마트의 오른쪽으로 파고들어 지나가려고 했다. 아크마트는 믿을 수 없는 속도로 움직이는 적을 다시 막아섰다. 그의 반사 신경도 인간의 한계를 넘은 것에 가까웠다.

작이 칭찬했다.

- 어쩌면 그대도 조상 중에 루 도인이 있을지 모르겠군.

어조는 조롱이었으나 실제로는 칭찬이었다.

- 그럴지도 모르지.

루 도인 땅에서 자란 아크마트에게는 제국 사람들처럼 루 도인을 경멸하는 마음이 없었다. 그는 칭찬을 칭찬으로 받아들였다.

- 내 앞을 막지 않으면 죽지 않을 거야.

- 나는 황제의 신하야. 황제를 지켜야 하네.

- 젊은 시절이라면 우리는 막상막하였을 거야. 그러나 그대는 나이를 먹어 둔해졌어.

- 둔한 신하도 황제를 지키는 일에서 해방되지 않네.

작은 설득이 소용없다는 것을 알고 다시 달려들었다. 아크마트는 그가 삶의 방식이라고 다시 속삭이는 것을 얼핏 들을 수 있었다. 늙은 루 도인 전사는 이제 공격이 막혀도 물러서지 않고 계속 전진해 왔다. 눈으로 쫓기도 어려운 공격을 막으면서 아크마트는 팔 근육이 저리고 당겨 움직임이 점점 둔해졌다.

둘이 싸우는 공간이 무대라면 주변에는 꽤 많은 관객이 있었다. 그들은 둘 사이에 오고 가는 대화를 듣고 부딪침을 보면서 몸이 딱딱하게 굳어지거나 떠는 것이 고작이었다. 누구도 몸을 날려 황제의 앞을 막아서려 하지 않았다.

아크마트는 훌륭한 전사답게 작의 초인적인 공격을 모두 막아내고 때때로 반격했다. 아크마트의 몸을 찌른 것은 작이 먼저였지만 곧이어 아크마트가 작의 몸을 벤 덕분에 점수를 매기자면 여전히 동점이었다. 작의 검은 옷은 흐르는 피를 감추기 좋았다. 아크마트의 상처에서 솟아나는 피는 훤히 드러났다.

ㅡ그대를 내 손으로 죽이고 싶지 않네.

ㅡ나도 죽고 싶지 않아.

대답하는 아크마트의 숨결이 거칠었다. 지금까지는 잘 싸웠지만 그가 오래 버티지 못할 것이 분명했다.

황제의 편에서 싸우는 사람 중에 까마귀들의 수장을 막을 만한 사람이 한 명 더 있었다. 그 역시 루 도인이었다. 알로말은 가끔 곁눈질로 상황을 확인하면서도 그쪽으로 가지는 못했다. 그에게는 병사들이 모기떼처럼 달라붙어 있었다. 둘을 해치우면 새로 셋이 빈자리를 채우고 들어왔다.

ㅡ조금만 더 버티십시오.

알로말은 가슴이 터져 나갈 것처럼 소리를 질렀다. 그를 포위하고 있는 병사들은 그 기세에 잠시 움찔했다가 금방 다시 달라붙었다.

 제국 수도의 서문이 열린 것이 이즈음이었다. 사태를 파악한 바실 장군과 플리니 대공이 잠시도 쉬지 않고 언덕으로 달려오는 중이었다. 그러나 황제도 작도 아크마트도 알로말도 그 소리를 듣지 못했다.

 작의 공격을 막던 아크마트는 돌멩이를 밟고 넘어졌다. 어찌어찌 칼은 손에서 놓치지 않았으나 제대로 된 방어는 어려웠다. 작은 아크마트의 몸에 칼을 집어넣었다. 급소는 아니었다.

 작이 황제에게 다가서는 것을 보고 알로말은 태어나서 처음 찾아온 공포가 머리를 쥐어뜯는 것을 느꼈다.

 ― 안 된다.

 아직 황제에게 루 도인을 사면해 달라고 요청하기도 전이었다. 그러려면 일단 황제에게 빚을 만들어야 했다. 모든 루 도인을 대표해서 그의 생명을 구해야 했다. 에이어리가 제국 수도로 가라고 했던 것에는 그런 뜻이 담겨 있지 않을까?

 알로말은 자기가 존경하는 대장장이 왕처럼 기발한 생각을 내는 일에는 서툴렀지만 위기 상황에서는 없던 지혜가 솟아났다. 그는 싸우던 자리에서 펄쩍 뛰어 병사들의 포위망을 벗어난 다음 황제 쪽으로 달려갔다.

황제는 눈을 감고 조용히 최후를 기다리고 있었다. 작은 조금 전까지 맹렬하게 싸우는 데 썼고 아크마트의 피가 칼날에 맺힌 칼을 미련 없이 버렸다. 그리고 품에서 손가락만 한 크기의 작은 칼을 꺼냈다.

 둘의 피가 섞여서는 안 되었다. 그것은 불경스러운 일이었다. 작의 기준으로는 아크마트의 고귀한 피에 펠리스의 피가 섞여서는 안 되었다. 펠리스는 모두 더러운 자들이었다.

 불과 손가락 두 마디 길이의 칼날이 새파랗게 빛났다. 이 찬란한 광채도 꼭 감은 황제의 눈꺼풀을 침투하고 들어가지는 못했다.

 ─황제여, 이제 편히 잠드소서.

 말이 끝나기 무섭게 날아온 칼이 작의 손등 아래 손목 부분을 스치고 지나갔다. 작은 칼을 떨어뜨린 다음 벌어진 상처를 얼른 다른 손으로 감싸며 뒤로 물러났다.

 칼을 던진 사람의 붉은 머리는 분노로 불타오르는 듯 사방으로 산발해 있었다. 작은 투명하게 빛나지 않고 보통 사람과 다름없는 젊은이의 피부를 보았다. 그러나 그는 루 도인이었다. 작이 황제를 죽이는 것을 두 번이나 방해한 자였다.

 ─그대도 약을 받았는가?

 주변이 소란스러워 목소리는 들리지 않았지만 알로말은 용

케 그 뜻을 알아차리고 또 어리둥절해졌다.

―무슨 약?

작은 대답 대신 바닥에 널브러진 황제의 몸뚱어리를 보더니 미소를 띠며 그 자리를 떠났다. 알로말은 황제를 지키기 위해 남았다.

작의 손에 무기가 없는 것을 알고 에젠 병사들이 거세게 달려들었다. 작은 사방으로 찔러 들어오는 무기를 겨우 피하고 바닥에 떨어진 칼 하나를 집었다. 평소에 쓰던 무기와는 무게중심이 달랐으나 몇 번 휘두르니 그런대로 쓸 만했다.

기병 대장은 작이 사라진 다음에야 비로소 무대에 오를 수 있었다. 병사들을 전열과 상관없이 무작정 앞으로 보내 놓고 그제야 젊은이들의 속도를 따라잡은 참이었다. 그는 황제가 죽은 것처럼 보이자 얼굴을 감싸 쥐었다.

―내 손으로 황제를 죽이다니. 내 이름은 후대에 불명예스럽게 남을 것이다.

―아직 죽었는지 확실하지 않습니다. 그리고 황제를 죽인 것은 작입니다.

―작이라고? 그는 어디 있는가?

―도망쳤습니다.

―그러면 어서 황제를 확보하지 않고 뭘 하는 건가?

부하는 알로말을 가리켰다. 그는 외로운 싸움을 계속하고 있었다. 아크마트의 부하들은 진작 항복하거나 바닥에 쓰러진 상태였다. 알로말의 몸놀림은 여전히 보통 사람을 초월하는 것이었으나 처음에 비하면 그 기세가 미미했다.

이대로 몇 분이 더 지났더라면 알로말의 가슴판도 그를 보호해 줄 수 없었을 것이다. 기병 대장은 멀리서 들리는 적의 함성 소리를 듣고 몸에 소름이 돋아 물었다.

- 저건 또 무슨 소리지?

수무르의 부하들이 내는 소리였다. 스타인 북쪽 산지에서 자란 그들에게 제닌 같은 동산이야 평지와 다름이 없었다. 그들은 맹렬한 기세로 달려오면서 일부러 소리를 질렀다. 플리니 대공의 명령에 따른 것이었다.

- 저렇게 훌륭한 부대를 왜 지금까지 몰랐던 걸까요?

바실 장군이 감탄하자 플리니 대공이 조용히 설명했다.

- 그들은 그저 그대로 있었습니다. 자기들의 진가를 알아주는 사람이 나타나기까지요.

- 대공께서 그 사람이시군요.

- 운이 좋았을 뿐입니다. 저들의 운명은 저들이 결정할 겁니다.

바실 장군은 제국 수도로 오기 전에 있었던 일을 떠올렸다.

멀리 보이는 제국 대학의 모습을 보고 플리니는 몇 번이나 한숨을 내쉬었다. 바실 장군은 그의 마음을 짐작했다. 그는 뼛속까지 학자였고 대학에서 정년을 마친 다음 그 안에 있는 묘지에 묻히기를 바랐었다.

대신 권세를 얻게 되었으나 플리니가 그것을 더 기뻐할 것 같지는 않았다. 플리니 대공이 바실 장군을 비롯한 사람들에게 알 수 없는 경외감을 주는 이유가 그것이었지만 본인은 그 사실을 모르는 것 같았다.

수무르가 이끄는 사람들의 기세를 보고 기병 대장은 기가 죽었다. 그도 훌륭한 장군이었고 그라스 시비스 아래에서 병사들을 수족처럼 다룰 줄 알았다. 그러나 그는 평지에서 말을 탄 병사들을 지휘하는 일에만 능숙했지 산지에서 백병전을 벌이는 것은 적성에 맞지 않았다. 조금 전까지야 일방적인 사냥에 가까우니 비교적 수월했다지만 적의 군세와 맞닥뜨려 싸우고 싶지는 않았다.

- 후퇴하라.
- 어느 쪽으로요?

당황스러운 반문이 들려왔다. 제국 수도로 돌아갈 수는 없었다. 그렇다고 서쪽으로 더 깊이 들어가면 돌아갈 길이 멀어졌다.

- 남쪽, 남쪽으로.

남쪽에는 뭐가 있던가? 바다를 제외하고는 떠오르는 것이 없었다. 그라스 시비스의 명령은 제국 수도를 점령하고 황제의 신병을 확보하라는 것이 전부였다. 이후의 일은 그 혼자 감당하기에 너무 거대한 것이었다.

플리니 대공과 바실 장군은 황제의 안전이 제일 중요했기에 흩어지는 적을 추격하기보다는 주변을 수습하는 일에 힘을 쏟았다. 또 한 번 목숨을 건진 알로말은 칼을 버리고 황제에게 달려갔다. 황제의 용태는 좋지 않았다.

작이 황제를 찌르려고 했을 때 알로말은 자기 칼을 던져 방해했었다. 작이 떨어뜨린 칼은 하필 황제의 살갗을 베며 떨어졌다. 미약한 상처였으나 칼날에는 독이 묻어 있었다. 모든 것을 확인한 순간 루 도인 젊은이의 가슴은 절망으로 부풀어 올라 숨 쉬기 어려운 지경이 되었다.

대장장이 왕이라면 황제를 살릴 수 있지 않을까? 그러나 그는 저 멀리 마법사 왕국에 있었다.

알로말은 뒷걸음질 치다가 바닥에 쓰러진 아크마트를 발견하고 그 앞에 무릎을 꿇었다.

알로말이 오열하는 것을 보고 새로 슈타이어의 용사가 된 모가 다가가서 그의 어깨에 손을 얹었다. 그는 한때 자기의 장군이었던 사람을 곧바로 알아보았다. 본래 슈타이어의 세 용사였던 사람들도 아크마트를 둘러싸고 경의를 표했다. 모제스는 아버지의 주검 위에 엎드려 일어날 줄을 몰랐다.

그사이 플리니 대공과 바실 장군은 황제에게 다가섰다. 황제는 두 사람의 발소리를 들은 것처럼 눈을 번쩍 떴다. 그 기세에 두 사람은 움찔해서 걸음을 멈췄다.

그는 가까이서도 알아듣기 어려운 말을 중얼거리더니 이내 힘을 잃고 다시 눈을 감았다. 제국의 마지막 황제 팔라스 펠리스의 조금은 싱거운 죽음이었다.

―그대에게 이 나라를 맡기겠소.

팔라스 펠리스 황제가 남긴 유언을 둘러싸고

여러 해석이 난무한다.

일단 그 대상이 플리니 대왕이 아니라

바실 장군이었다는 의견이 있다.

바실 장군은 생전 그러한 추측을 강하게 부정했다.

―그분은 나를 보고 계시지 않았습니다.

그때쯤 독이 시신경까지 퍼져

황제의 눈이 멀었다는 신빙성 높은 주장도 있다.

황제의 중얼거림을 제대로 들은 사람은

두 사람뿐이니 플리니 대왕이 바실 장군을 설득해

제멋대로 유언을 꾸며 냈다는 이야기도 사라지지 않는다.

그가 스타인 출신이면서도 제국에 영향력을 행사하고

마침내 지배할 수 있었던 것은 용맹한 군대와

황제의 유언 덕분이었다. 진실이 어디에 있건

팔라스 펠리스는 제국 그 자체였다고 볼 수 있으니,

그가 눈을 감은 즉시 제국의 붕괴가 시작되었다.

혹 아크마트 대공이라도 살았더라면 역사가 달라졌을까?

VI

**불안감에 휩싸인 에이어리가
데스커드와 함께 비밀 실험을 계획한다**

마법사 왕국은 질서를 되찾았다. 에메랄드와 루비로 불리는 마법사들은 그렇게 생각했다. 그러나 다이아몬드와 오팔과 오닉스 사람들은 질서가 파괴되었다고 여겼다. 사파이어 가문은 본인들이 당한 고초에도 중립적인 시각을 유지했으니, 그들에게 이 나라는 상처 입고 방황하는 한 마리 카니세리움처럼 선악을 초월한 존재였다.
 에이어리의 새로운 거처는 마법사 왕국 북쪽에 마련되었다. 그곳은 사람들의 거주지에서 멀리 떨어진 황야였다. 북쪽과 동쪽과 서쪽을 산이 가로막고 있어 하늘 외에는 보이는 것이 없었다. 남쪽으로 한참을 내려가야 궁전이 나오고 거기서 남서쪽으로 더 가면 쿠오피오, 마법사 왕국의 입구가 나왔다.
 에이어리가 밟고 있는 땅은 위대한 마법사 왕으로 불리는 세타세가 초대 대장장이 왕과 함께 루 도인을 만들어 낸 장소이기도 했다. 에이어리에게 그런 사실을 설명해 준 사람은 없었다. 루 도인의 창조와 탈출에 관한 이야기를 전부 다 알게 된 에이어리도 설마 자기가 그 자리에 있다고는 짐작할 수 없었다.

에이어리는 거기에 커다란 건물을 하나 지었다. 바깥에서 보자면 공의 절반이 땅에 파묻히고 절반만 바깥으로 나온 형상이었다. 안으로 들어오면 드러난 절반 말고 땅에 묻힌 절반도 온전히 존재함을 알 수 있었다. 이 둥근 건물은 말하자면 커다란 폭탄이었다.

천장에서 연결된 기둥이 멈춘 구의 중심에는 작은 방 하나가 매달려 있었다. 크기로 보자면 성인 남자가 몸을 웅크려야 겨우 들어갈 수 있는 크기였다. 진행 상황을 확인하러 들른 아리셀리스와 라토에게 에이어리가 설명했다.

- 저기에 알툰세가 들어가게 될 겁니다.

- 그렇다면 알과 툰과 세는 지상도 지하도 아닌 그 경계에 놓이게 되는 것이겠군요.

기술적인 상황을 논의할 때 아리셀리스의 몸에서 나오는 목소리는 주로 라토의 것이었다. 아리셀리스는 이런 문제에 거의 끼어들지 않았다. 아는 것이 별로 없기도 했다. 세상의 변화를 막고 본래 있어야 할 모습으로 되돌리는 것은 형의 숙원이었다.

에메랄드 형제는 에이어리의 구를 방문할 때마다 한쪽 옆에 삐딱하게 앉아 그들을 경계하는 데스커드의 모습을 확인할 수 있었다. 이유는 알 수 없지만 그는 두 사람을 적으로 보는 듯했다. 라토는 적의의 근원을 희미하게나마 짐작했지만 동생과 공유하지 않고 모르는 척했다.

데스커드는 전사였다. 전사에게는 전사의 감이 따로 있었다. 평생 위협을 느끼며 살아온 사람은 본능적으로 적과 아군을 판별해 냈다. 데스커드의 감각은 어째서인지 마법사 형제를 적으로 규정하고 있었다.

- 그는 우리를 싫어해.

구를 나오면서 형이 동생에게 말했다.

- 그렇지?
- 그래도 문제가 되지 않아. 그는 우리를 막을 수 없어.
- 우리는 대장장이 왕과 싸우려는 게 아니잖아?

아리셀리스가 물었다. 라토는 거의 곧바로 대답했다고 생각했으나 보통보다 시간이 약간 더 걸렸다. 동생이 알아차리기에 미묘한 시간이라고 생각하고 라토는 안심했다.

- 물론 아니지. 우리는 그의 호의를 구하는 거야.

동생은 형의 머뭇거림을 눈치챘다. 형의 마음에는 아직도 풀리지 않은 매듭이 있었다.

마법사 형제가 나간 다음에도 데스커드는 긴장을 풀지 않았다. 에이어리는 정밀한 계산에 빠져 있어서 대수롭지 않게 넘어갔다.

-이건 정말 위대한 물건이 될 거야.

-꼭 이렇게 땅에다 반쯤 묻어 놓아야 하는 건가요? 밤이면 땅에서 찬 기운이 올라오는데요?

에이어리는 밤에도 숙소로 돌아가지 않고 자기가 만든 구에 머물 때가 많았다. 데스커드는 당연히 에이어리의 옆을 지켜야 했다.

-마법사들은 자기들이 쓰는 힘을 마법의 바람이라고 부르잖아? 사실 그건 오해의 소지가 있어.

-그럼요?

-마법의 힘은 만물에 내재하고 있지. 거기서 나오는 기운이 바람처럼 흐르기는 하지만 근원을 따지고 보자면 공기보다는 오히려 땅에 더 가까워.

-그래요?

-응. 그래서 폭발의 여파가 땅에 직접 닿지 않으면 흐름을 바꾸지 못할 거야.

-그러면 아예 땅에 묻어 버리는 방법도 있잖아요?

-좋은 지적이야, 데스커드. 하지만 땅이라는 건 너무 굳건

하단 말이지. 여파를 온 땅에 퍼뜨리려면 일부는 바깥에 나와 있어야 해. 그 비율은 내 계산에 따르면 43 대 57이야.

― 묘하네요.

― 묘하지. 정말 묘해. 그래서 이건 내 일생 최고의 작업이 될 거야.

데스커드는 에이어리의 모습이 불편했다. 그는 마법사 형제가 맡긴 일에 지나치게 몰입하고 있었다. 지금까지 알던 에이어리는 대단한 일을 할 때도 무심한 듯 처리하는 것이 특징이었다. 그리고 데스커드는 그런 태도를 남몰래 존경해 왔다.

그러나 이번에는 이 일에 깊이 빠져 있는 모습이 마치 어린아이 같았다. 갑자기 보여 주는 열심이 데스커드에게는 좋은 징조로 여겨지지 않았다. 가르젠이라도 곁에 있으면 함께 상의해 보련만 그는 신전으로 돌아가고 없었다.

데스커드는 예리했으나 사려가 깊지는 않은 것이 꼭 자기가 다루는 칼과 같았다. 그는 자기의 불만을 은연중에 드러냈는데, 주로 에이어리의 물건이 제대로 작동하지 않을 가능성을 제시하는 식이었다.

― 만약 이 폭탄이 제대로 작동하지 않으면 어떻게 하죠? 알툰세인지 뭔지 하는 걸 다시 쓸 수 있나요?

― 어렵겠지. 그러면 완전히 끝장이야. 알툰세는 마법사들이

100년 넘게 모은 힘이야. 다시 100년이 오기 전에 이 세상에서 마법의 흐름이 사라질 것 같거든.

―그러면요?

―재료가 없으면 아무리 뛰어난 요리사도 요리할 수 없는 법이지. 마법사는 이야기 속에나 나오는 존재가 될 거야.

―기회는 단 한 번이네요?

―하지만 대장장이 왕이 만드는 물건은 보통 사람이 만드는 것과 다르지. 실패는 만 번 중 한 번 정도일까?

에이어리의 자신감은 여느 때보다 확고했다. 데스커드는 작전을 조금 바꾸었다.

―대장장이 왕이 이렇게 마법사들의 운명을 바꾸어도 되는 걸까요?

―그러면 그들의 운명은 힘을 잃는 거란 말이야?

대장장이 왕이 반문했다. 데스커드는 그래도 저는 상관없다고 말하고 싶었다. 하지만 냉정함은 에이어리를 설득하기에 좋은 수단은 아니었다.

데스커드가 질문을 던질 때마다 에이어리는 설계도를 그리거나 계산하고, 부품을 만들어 조립하는 중이었다. 그는 먹고 자는 시간을 제외하고는 거의 모든 시간을 이 장치에 쏟았다.

―세상을 바꾸는 거야, 데스커드. 얼마나 근사한 일이야. 이

런 일이 또 있을까?

데스커드는 자기가 지켜야 하는 왕의 눈빛에서 작은 광기를 느꼈다. 그와 비슷한 눈을 예전에도 본 일이 있었다. 대장장이 신을 섬기는 순례자들, 예전 대장장이 왕이 고리 던지기 내기를 할 때 쓰던 꼬챙이를 성스러운 물건이라고 숭배하던 사람들도 그런 열광적인 눈빛을 공유했었다. 지금 생각해 보면 꽤 오래전 일이었다.

라토와 아리셀리스 형제는 매일 진행 상황을 확인하러 와서 데스커드의 심기를 불편하게 했다. 마법사 왕국을 다스리는 루비 카르멘도 한두 번 방문했다. 에이어리는 그녀의 방문을 제일 반가워했다. 나머지는 아예 올 수 없었는데 에이어리가 머무는 지역을 출입 금지 구역으로 정하고 다이아몬드 가문의 군대가 지키는 덕분이었다.

데스커드는 그들이 호위병이 아니라 간수처럼 느껴졌다. 다행히 그들은 데스커드가 바깥으로 나가는 것까지는 막지 않았다. 설령 막았더라도 데스커드가 참지 못하고 그들을 전부 때려눕혔을 것이다. 그러면 에이어리의 일도 겸사겸사 어그러지게 되지 않았을까?

마법사 왕국 내에서 데스커드가 친하다고 말할 수 있는 사람은 거의 없었다. 그가 아는 사람은 여왕과 에메랄드 형제에

굳이 더하자면 사파이어 가스파르 정도였는데 모두 한 가문의 수장급이라 심심하다고 찾아가기는 어렵고 민망했다.

그나마 마음이 편한 것은 위대한 조언자 아녜시와 그 하인 코르였다. 그러나 두 사람이 거주하는 구역도 북쪽에 외따로 떨어진 에이어리의 구와 적잖은 거리가 있어서 재미 삼아 갔다가 돌아오기는 어려웠다.

에이어리는 데스커드의 경호가 없어도 스스로 안전하다고 생각했다. 다이아몬드 가문의 병사들이 사방을 지키고 있고, 그곳은 주위에 아무것도 없는 마법사 왕국의 영토 한복판이었다. 설령 침입자가 있다고 해도 어설픈 솜씨로는 구 표면에서 내부로 들어가는 문조차 열 수 없었다.

데스커드는 말동무 이상의 역할을 하지 못하는 자기 처지에 불만도 생기고 또 에이어리의 변화가 마음에 들지 않기도 해서 가끔 아녜시의 집을 찾아가 이삼일 머물고 오게 되었다.

코르는 데스커드에게 그의 왕과 벌인 모험담을 들려 달라고 자주 부탁했다. 데스커드는 기꺼이 그렇게 했다. 참으로 여러 가지 일이 있었기에 이야기의 재료가 떨어지는 일은 없었다.

할 일이 별로 없는 아녜시도 가끔 함께 이야기를 들었다. 데스커드는 아녜시가 곁에 와서 앉을 때마다 노골적으로 눈치를 보았다.

　- 제게 묻고 싶은 게 있으시군요.

어느 날 아녜시가 인자하게 먼저 물어 주었다.

　- 역시 예언자님이시군요.

　- 아시겠지만 저는 예언자가 아니라 조언자예요. 그리고 그런 능력이 없어도 데스커드 님의 행동이 무슨 뜻인지 알기란 어렵지 않아요.

　- 죄송합니다.

코르가 기회를 노렸다는 듯이 끼어들었다.

　- 투란인가?

　- 그건 또 어떻게 아세요?

　- 모두가 알지.

　- 에이어리 님한테 들으셨군요.

　- 그건 아니야. 나는 그분과 대화를 나눌 기회도 없었어.

　- 그러면 어떻게?

가만히 듣고 있던 아녜시가 물었다.

　- 투란이 왜요?

　- 아닙니다. 아무튼 제가 궁금한 건 그 문제가 아니에요. 저는 제가 모시는 분이 지금 벌이는 일의 결과가 궁금합니다. 대장장이 왕이 만든 물건이 성공할까요?

본래 아녜시에게 대답을 들으려면 제국 수도에 있는 네모난 집에 줄을 서 한참을 기다린 끝에 막대한 재물을 바쳐 정성을 표시해야 하던 시절도 있었다. 그러나 아녜시는 젊은 청년의 무모한 질문을 거절하지 않았다. 그가 꼭 대장장이 왕의 측근이라서 그런 것만은 아니었다.

ㅡ그분이 만든 물건은 제 역할을 다할 겁니다.

아녜시의 예언은 한마디로 끝났다. 아녜시는 얼른 자기 의견을 덧붙였다.

ㅡ무엇이 성공인지는 함부로 말할 수 없지 않을까요?

데스커드는 제 역할을 다한다는 말을 가슴에 새겨 두었다.

에이어리는 여름이 시작할 때까지도 구를 만드는 일에 매달려 있었다. 무엇이든 뚝딱 만들어 내는 대장장이 왕도 세상을 뒤집을 물건을 내어놓는 일에는 그만큼 시간이 걸렸다. 데스커드에게는 무료한 하루하루였다. 몇 번이고 신전에 돌아가고 싶다고 말하려다가 머뭇거렸다.

대장장이 왕을 지키는 것은 그의 성스러운 임무였다. 게다가 아직도 꺼림칙하고 어색하고 정리되지 않은 기운이 주위를 감돌고 있었다.

ㅡ신전에 돌아가고 싶으면 가도 된다.

어느 날 에이어리가 먼저 말을 꺼냈다.

―그러면 왕은 누가 지킵니까?

―여길 나가면 병사 수십 명이 이 주변을 빙빙 돌고 있어. 내가 위험할 일은 생기지 않을 거야. 이건 누구에게도 위협이 되지 않는 물건이니까.

―알로말이라도 여기에 있다면 모를까 대장장이 왕을 혼자 두고 가지는 않겠습니다.

데스커드의 농담을 듣고 에이어리의 안색이 눈에 띄게 창백해졌다.

―왜 그러세요? 알로말이 왜요?

―마치 저 쿠오피오의 안개 속을 걷는 것 같아. 어떤 일을 언제나 생각하고 있었는데 사실은 아무것도 생각하지 않은 느낌이야.

데스커드는 천장부터 바닥에 이르기까지 이해할 수 없는 부품으로 가득 찬 내부를 한번 살폈다. 그사이 에이어리가 머릿속 깊숙이 들어가 있던 단어를 떠올렸다.

―루 도인.

―네?

―알로말은 여전히 루 도인이지?

―당연히 그렇죠.

에이어리의 생각은 데스커드 덕분에 구체적인 형태를 띠기 시작했다.

─루 도인은 마법과 신의 힘이 균형을 이루도록 만들어졌지. 사실 모든 인간이 자연적으로 그러하지만 루 도인의 균형은 인간이 억지로 평형을 맞춰 둔 거라 불안하기 짝이 없어. 알로말의 몸이 조화를 잃는 바람에 터지려고 했던 것도 그 때문이야. 가슴에 내가 처음 만든 물건을 달아서 겨우 해결했지.

에이어리의 설명은 데스커드를 대상으로 하기보다는 혼자 이론을 정리하는 것에 가까웠다. 데스커드는 커다란 금속 풍뎅이를 다시 머리에 떠올렸다. 그런 것이 가슴에 달라붙은 채로 산다는 것은 끔찍한 일이었다. 알로말에게는 그렇지 않았는지 에이어리를 은인으로 여겨 평생 따르겠다고 나섰었다.

─루 도인.

같은 말이 다시 나왔다. 마치 주문 같았다.

─루 도인이 왜요?

─나는 네 말을 듣기까지 떠오르지 않는 의문과 싸우고 있었어. 내 눈앞을 아른거리고 피부를 기어다녔지만 막상 잡으려고 하면 안개처럼 사라지는 신기루와 같았지. 그 정체를 이제 확실히 알게 된 거야. 네 덕분에.

에이어리가 데스커드의 어깨를 와락 잡고 앞뒤로 흔들었다.

─그게 뭔데요?

─우리는 온 세상에 마법의 바람을 불러일으키는 장치 안에 있어. 땅 위의 모든 것이 그 여파를 받게 될 거야. 자연적인 생명체들은 사람이나 동물이나 식물이나 괴물이나 큰 문제가 없겠지. 하지만 루 도인은?

─설마 모두가?

─그래, 모두가 그렇게 될지도 모른다.

─에이, 과장하시는 거죠?

─아니야.

─그럼 루 도인 전체가 알로말이 그랬던 것처럼 언제 터질지 모르는 폭탄 덩어리가 된다고요?

─그럴 리가 있나.

─당연히 아닌 거죠?

─당연히 아니지. 그때는 내가 곁에 있었잖아. 내가 있으면 언제 터질지 모르는 폭탄이 아니야. 하지만 이 장치가 작동해서 마법의 바람이 온 세계로 퍼져 나가는 즉시 폭발할 거야.

─이런, 대장장이 왕의 신이시여.

─내가 할 말을 대신 했구나.

농담이 농담처럼 들리지 않았다. 에이어리의 금방이라도 토할 것 같은 창백한 표정을 보고 데스커드도 속이 메스꺼워졌다. 폭발하는 루 도인이라니, 그들은 인간과 똑같이 생긴 인간이 아닌가.

―실험을, 실험을 해 보아야겠다.

―루 도인을 데려다가요?

―무슨 말을 하는 거야? 루 도인의 생체 조직과 비슷한 걸 만들어서 실험하겠다는 거야. 나는 세타세가 아니라고.

―세타세가 누구죠?

에이어리는 대답 대신 손을 휘저어 방해하지 말라는 시늉을 했다. 데스커드는 사방으로 튀어나온 장치들로 둘러싸여 마치 기계의 숲처럼 보이는 구를 벗어나 그가 아는 세상으로 돌아왔다.

데스커드는 결말을 알았다. 묘하게 기분 나쁜 추측은 이상하게 잘 들어맞는 법이었다. 마법사들의 숙원이 달성되면 모든 루 도인이 폭발해서 그 살점과 피가 사방으로 튈 것이다. 그리고 썩어서 자연의 일부로 돌아가겠지.

그게 옳은 일인가? 그가 어설프게 들은 지식에 따르면 루 도인은 본래 세상에 없었던 자들이니 다시 사라지는 것이 이치에 맞지 않은가?

데스커드는 강하게 고개를 저었다. 설령 알로말이 조금 건방진 녀석이라고 하더라도 그의 생명은 대장장이 왕의 첫 번째 물건과 맞바꿀 만큼 귀중한 것이었다. 이미 에이어리가 그 점을 보여 주었다.

데스커드는 남쪽 하늘을 바라보았다. 그 아래에 마법사 왕의 궁전이 있었다. 더 이상 왕이 아닌 에메랄드 형제는 루 도인의 생명을 위해 자기들이 100년 동안 준비한 일을 포기할까?

그 대답이 너무 뻔해서 다시 속이 메스꺼워졌다.

최초의 대장장이 왕이 말했다.

- 우리가 생명을 만들었네. 인간을 만들었어.

최초의 마법사 왕 세타세가 대답했다.

- 우리가 만든 것은 인간이 아니네.

인간처럼 보이는 물건이야.

VII

에젠 황제 오셀롯이 다시 군대를 긁어모아
최후의 전쟁을 준비한다

여름이 오기까지 그라스 시비스의 병세에는 큰 차도가 없었다. 당장 수족이 마비되거나 하는 일은 없었지만 조금만 복잡한 일을 시도해도 몸에서 힘이 빠져 헝겊 인형처럼 풀썩 쓰러졌다. 그래서 그의 아내는 그를 항상 졸졸 따라다녔다. 소문에 따르면 그는 지난 전투를 회상하기만 해도 주위의 도움이 필요해졌다.

- 갑자기 좋은 아내라도 된 것처럼 구는군.

멀리서 그 모습을 지켜보는 오셀롯은 분통을 터뜨렸다. 다 이긴 전쟁을 망할 신경증 때문에 놓친 셈이었다. 그라스 시비스만 건재했다면 바실 장군과 스타인 떨거지들은 제국 수도로 돌아갈 여유가 없었을 테고, 그러면 먼저 파견한 기병 부대가 지금까지도 제국 수도를 점령해 두었을 것이다.

그나마 기쁜 점은 혼란스러운 와중에 그의 사촌 팔라스 펠리스가 죽었다는 사실이었다. 그렇게 큰 소문은 까마귀들이 실어 나르지 않아도 제국 변경까지 순식간에 퍼졌다. 오셀롯과 신하들은 처음에 뜬소문이 아닐까 의심했지만 시간이 지나면서 모두가 자명한 일로 받아들였다.

제국의 두 황제가 싸우다가 하나가 죽었으니 다른 하나가 이겼다고 보아야 했다. 본래는 그래야 했는데 제국은 아직도 저항을 계속했다. 그 구심점은 바실 장군과 플리니 대공이라고 불리는 작자였다. 오셀롯은 자기가 황제였던 시절 제국 대학의 교수였던 플리니를 고향으로 쫓아내 이 모든 불길을 일으킨 줄을 꿈에도 몰랐다.

그들은 허수아비를 내세워 제국의 권력을 장악하고 있었다. 허수아비의 이름은 디노펠리스였다. 그 뜻은 펠리스의 영광이었으나 그가 황제가 되자 모두가 펠리스의 영광이 마침내 운을 다한 것으로 여겼다.

디노펠리스는 오셀롯의 유일한 아들이기도 했다. 오셀롯이 다시 황제가 되면 가만히 있어도 나중에 저절로 황제가 될 상황이었다. 그러나 아버지가 지나치게 오래 살 것을 염려했는지 그라스 시비스의 군대가 후퇴하는 순간에 탈출해서 상대편에 붙어 버렸다.

도망치는 길에 귀족이 아닌 여자까지 데리고 가서 그녀를 황후로 삼는다는 풍문도 들렸다. 에젠 땅에는 이름이 테라로 잘못 전해졌다.

― 디노펠리스가 마침내 조금이라도 이름값을 하는군. 내 허락도 없이 제멋대로 황제가 되고 제멋대로 아내를 정하다니. 나는 평생 그 녀석이 사람 구실 하기를 원했는데 정작 팔푼이처럼 굴어야 도움이 되는 순간에 내게 반항하고 있어.

오셀롯은 만나는 사람마다 같은 이야기를 여러 번 듣게 했다. 신하 중 일부는 그에게 간언했다.

― 디노펠리스 님이 원하지 않게 강제로 황제가 되셨을지도 모르는 일입니다. 반란의 수괴로 몰기 전에 먼저 뜻을 물으시는 것이 어떻겠습니까?

오셀롯은 그런 의견을 일축하며 코웃음 쳤다.

― 그는 펠리스야. 펠리스가 권좌를 탐하는 것은 타고난 성향이야. 능력이 있건 없건 모든 펠리스는 그런 법이야. 내가 그 녀석의 의견을 물었다가는 오히려 비웃음을 사게 되겠지.

에젠을 관통하는 적당히 차가운 봄바람은 하루하루 땅이 데워지면서 자연스럽게 소멸했다. 제국의 여름은 초가을까지 이어지는 돌발적인 우기만 피하면 전쟁을 벌이기 딱 좋은 계절이었다.

오셀롯은 망설이지 않고 동맹이 될 수 있는 나라에 사신을 파견했다. 지난 왕을 무능하다는 이유로 쫓아낸 놋이 첫 번째였고, 루 도인 땅에 사는 루 도인이 두 번째였다. 마법사 왕국은 반란자들이 왕위를 빼앗았기에 처음부터 대상이 아니었다.

이번에도 작의 심기를 거슬러 손가락을 잘린 적이 있는 사람이 심부름꾼 역할을 맡았다. 그는 먼저 북쪽에 있는 놋으로 달려갔다.

새로 즉위한 놋 왕은 전 왕과 나이가 비슷했으나 대신 피부의 뱀 무늬가 넓고 짙었다. 그는 팔꿈치부터 손목으로 이어지는 무늬를 가리지 않으려고 소매가 짧은 상의를 입고 있었다. 햇살이 따가워 긴 옷을 입는 놋 사람들에게는 이례적인 일이었다.

아직 안정적으로 권력을 장악하지 못한 모양이군. 그러니까 뱀 무늬라도 드러내 보여 허세를 떨고 싶은 게지. 손가락이 잘린 사신은 그런 속내를 밝히지 않고 끝까지 정중하게 굴었다.

놋 왕은 적극적으로 협력을 약속하며 말했다.

-지난번에는 잘못된 지도자를 만나 놋의 전차 부대가 힘을 발휘하지 못했소. 그러나 이번에 우리 부대를 선봉으로 세워 준다면 그야말로 제국 수도까지 단숨에 짓쳐 들어가 그 믿음에 보답할 생각이오.

사신은 머리를 조아리며 감사를 표한 다음 서쪽으로 나아갔다. 놋과 루 도인의 경계에 이르러서는 아끼는 말을 하인에게 맡겨 두고 마타로 갈아탔다. 말은 마타에 비하면 온순한 편이라 사람이 타면 그럭저럭 받아들였지만 마타는 일단 자기 등에 탄 사람을 얕보는 버릇이 있었다. 게다가 사신은 한쪽 손이 불편해서 고삐를 제대로 잡기도 어려웠다.

 - 그냥 말을 타고 가시죠. 루 도인에도 말을 타는 사람들이 있다고 합니다.

사신이 하루 동안 연습하고도 어설프게 굴자 부하 중 하나가 충고했다.

 - 마타를 구하느라 얼마나 고생했는지 알고 있나? 이게 없으면 저 미련하고 고집 센 것들을 설득하기 어려워.

이틀째가 되어서는 그나마 조금 나아졌기에 루 도인이 사는 지역에 들어설 수 있었다. 그러나 일단 말을 타고 가다가 루 도인들의 눈이 닿을 거리가 되면 마타로 갈아타기로 했다. 자존심이 상해도 달리 방도가 없었다.

낯선 사람이 마타를 타고 온다는 소식이 정찰병을 통해 루 도인 사제에게 전해졌다. 루 도인은 언제나 단 한 명의 사제만 두었다. 오직 젊고 아름다운 여성만이 사제가 될 수 있었다. 거의 가장 먼저 만들어진 루 도인 타라의 욕망이 비틀려 탄생한 풍습이었다.

　사신은 마타에서 내린 채 안내자를 따라갔다. 전에도 오셀롯의 전언을 나르면서 루 도인 사제를 만난 적이 있었으나 볼 때마다 저절로 감탄이 나왔다. 그녀에게는 다른 지역 사람들이 따를 수 없는 이상한 매력이 있었다.

　- 루 도인을 다스리는 분을 또 뵙는군요.

　- 저는 루 도인을 다스리지 않고 다만 대표할 뿐입니다.

　사제는 겸손하게 대답했으나 그 속에서 전에 없던 차가움이 묻어났다. 그녀가 오셀롯으로부터 오는 소식을 환대하지 않는 것은 분명했다.

　사신은 초조한 마음에 장갑처럼 생긴 손등 보호대를 문질렀다. 작에게 잃은 손가락을 가리기 위해 특별히 제작한 것으로 용이 울부짖는 모습이 아로새겨져 있었다. 용을 쓰다듬으며 볼록한 쇳덩어리의 촉감을 느끼다 보면 마음이 저절로 진정되었다. 문제는 루 도인의 사제가 그 모습을 보고 무언가를 깨달은 듯이 미소를 지었다는 점이었다.

　사신은 얼른 용건을 꺼내 대답을 듣고 이 불편한 곳을 떠나야겠다고 결심했다. 그는 오셀롯의 뜻이 담긴 편지를 꺼내서 전달했다.

　- 답은 천천히 드리겠습니다.

사제는 편지를 펴 보지도 않고 옆에 선 사람에게 넘겼다.

-그건 곤란합니다. 황제께서는 저를 통해 루 도인의 생각을 듣고자 하십니다.

-장군과 상의하지 않고 결정할 수는 없는 노릇이라서요.

사신이 곤란해하자 사제가 얼른 덧붙였다.

-어디에 계시는지 알고 있으니 사흘 안으로 사람을 보내겠습니다. 그동안 마타라도 타면서 쉬고 계시면 어떨까요?

그녀는 사신이 루 도인에 친화적으로 보이려고 벌인 쓸데없는 짓을 전부 아는 모양이었다. 망신당한 사람은 얼굴이 빨개져 사제 앞에서 물러났다. 용의 머리와 몸을 맹렬하게 문지르는 바람에 보호대가 따끈하게 데워졌다.

그가 떠나자마자 사제는 장군을 부르게 했다. 장군은 이미 근처에서 대기하고 있었다.

본래 루 도인의 장군은 무, 지금은 알로말로 불리는 사람이었다. 하지만 호출을 받고 나타난 사람은 한때 알로말을 보필하던 예였다. 그의 무성한 턱수염은 주인의 탁월함을 대변하듯 여전히 탐스러웠다.

-장군.

예는 사제 앞에 공손하게 고개를 숙였다. 그사이 가녀린 손에 잠깐 펼쳐졌던 편지는 금방 다시 말렸다.

―내용에는 특별한 것이 없습니다. 예전 황제는 다시 전쟁을 일으킬 생각이고 우리의 도움이 필요하다는군요. 대가도 이전과 같습니다.

그렇다면 제국 내의 땅일 것이다. 예전에도 오셀롯 황제는 특별 구역을 미끼로 무와 루 도인을 끌어들였다.

턱수염은 쓰다듬으며 생각을 정리하기에 좋은 도구였다. 예도 그렇게 쓰는 것을 사양하지 않았다.

―그러나 장군의 명이 있었습니다. 자기가 돌아올 때까지는 아무것도 하지 말고 기다리라고요.

새로 루 도인의 장군이 된 예는 여전히 알로말을 장군으로 불렀다. 자기는 임시직에 불과하다는 생각이 담겨 있었다.

―알로말은 사라졌어요, 장군. 돌아올 수 있다면 벌써 돌아왔을 거예요. 그는 죽거나 우리를 버리고 떠난 거예요.

―둘 다 그분과 어울리지 않습니다. 그분은 쉽게 죽을 분이 아니거니와 우리를 버리지도 않을 겁니다.

―하지만 그는 원하면.

―원하면요?

―사람들 사이에 섞여 들어 그들 중 하나가 될 수 있어요. 대장장이 왕께서 그의 낙인을 지워 주셨으니까요. 그는 보통 인간과 구별되지 않아요.

사제의 입에서 낙인이라는 말이 나온 것을 듣고 예는 어깨를 움찔했다. 루 도인 사이에서는 그들의 여섯 가지 피부 빛깔을 신의 표지이자 축복으로 보는 시각이 우세했었다. 그러나 대장장이 왕이 알로말의 피부를 인간과 같게 만든 다음부터는 새로운 생각이 퍼졌다.

루 도인에게 대장장이 왕은 신의 대리인이자 거룩하고 오류가 없는 존재였다. 그가 루 도인의 피부를 보통 인간과 같게 만들었다면 더 이상 그것은 신성한 표지가 되지 않았다. 그런 생각이 젊은이들 사이에 급속도로 퍼지는 것을 예도 모르지 않았다. 그러나 사제조차 그 생각에 물들었던가?

–그분은 우리를 위해 제국에 가셨습니다. 결코 우리를 버리지 않을 겁니다.

–저도 무릎, 알로말을 믿어요. 아니, 믿고 싶어요. 하지만 황제가 죽고 사면의 희망이 사라진 지금 어째서 돌아오지 않는 거죠?

예는 자기 앞에 선 젊은 여인의 항변이 완전히 공적이라기보다는 개인적인 감정을 담고 있다고 느꼈다. 사제도 상대의 반응을 눈치챘는지 앞으로 기울였던 몸을 다시 바로잡았다.

–우리의 결정에서 알로말은 배제해야 합니다. 그는 우리를 떠났어요.

예는 조금 더 알로말을 변호하고 싶었지만 마땅한 수단이 없었다. 그가 돌아오지 않는 것은 엄연한 사실이고 댈 만한 이유는 모두 상상의 산물에 불과했다.

―알로말 님은 떠나기 전 우리에게 말씀하셨습니다. 반드시 돌아올 테니까 그때까지 아무것도 하지 말고 가만히 믿고 기다리라고요. 이 일이야말로 알로말 님이 우려하신 상황이 아니겠습니까? 우리는 이미 한 번 오셀롯의 뜻을 따랐다가 큰 피해를 보았습니다.

예는 간곡히 설득해도 사제의 마음을 돌리기 어려운 것을 알았다. 그녀는 조언을 위해 장군을 부르지 않았다. 형식적인 동의 절차가 필요할 뿐이었다.

―알로말은 황제의 용서를 구하러 갔어요. 그러나 어떻게 되었죠? 황제가 죽었다는 소식이 우리 귀에 들어왔어요. 오셀롯이 다시 제국을 다스리게 될 거예요.

예는 제단 위의 촛불을 보며 복잡해진 마음을 달랬다. 어쩌면 저렇게 사소한 바람 줄기에도 일일이 흔들리는데 끝내 꺼지지 않고 계속 타오른다는 말인가. 마치 루 도인의 끈질긴 삶을 상징하는 듯했다.

―장군, 오셀롯을 따르지 않으면 우리를 기다리고 있는 건 파멸이에요. 이제 루 도인이 아닌 사람을 믿고 더 기다릴 수는

없어요.

　-그분은 영원히 루 도인이십니다.

　-그는 이제 우리와 다른 존재가 되었어요.

　-알로말 님은 돌아오실 겁니다. 저는 그분을 믿습니다.

예는 다시 힘주어 말했다. 사제는 그의 고집을 꺾을 수 없음을 알았다. 예는 사제를 보며 두려움이 그녀를 고집스럽게 만든다고 생각했다.

그날 뒤숭숭한 밤을 보내고 아침이 되자마자 예는 자기가 장군 자리에서 물러나게 된 것을 알았다. 장군을 임명하는 것은 사제의 권리였으니 달리 할 말이 없었다.

　-그래서 누가 새 장군이 된다든가?

내키지 않게 심부름꾼 역할을 맡은 젊은이는 망설이다가 대답했다.

　-매 님입니다.

　-그래, 알겠네.

예와 매는 알로말과 함께 오셀롯의 전쟁에 뛰어든 일이 있었다. 알로말과 예 자신은 그 전쟁에서 큰 깨달음을 얻었다. 루 도인은 전쟁을 통해 아무것도 해결할 수 없다.

매는 그때 호된 일을 당했으면서도 같은 일을 반복할 모양이었다. 아니면 장군이 된다는 사실에 흥분해서 차분히 생각하는 법을 잊었을지도 몰랐다. 그 당시 나이가 어리고 뛰어난 알로말이 장군이 되는 바람에 그보다 나이가 많은 예와 매는 특별한 일이 일어나지 않는 한 평생 그 자리에 오를 수 없다고 여겨졌다. 예상과 다르게 결국은 둘 다 장군이 되어 볼 수 있었다.

— 저는 이제 가도 될까요?
— 나는 명령할 권리가 없지.

홀로 남은 예는 오전 내내 같은 자리에 앉아 수염을 쓰다듬으며 시간을 보냈다. 배가 고프다 못해 쓰리게 된 다음에야 자리에서 일어나며 생각했다.

이 전쟁은 무익하고 우리를 절망으로 몰아넣겠지만 공동체의 한 사람인 이상 홀로 거부할 수는 없다. 사태가 지나치게 악화하기 전에 알로말 님이 돌아오기만 바랄 뿐이다.

그가 돌아온다고 해도 크게 달라질 것이 없음은 알고 있었다. 그래도 그의 얼굴을 다시 본다면 최소한 동족을 설득할 용기는 생길 것 같았다. 그러나 루 도인 군대가 출병 채비를 모두 마치고 에젠 땅으로 진군할 때까지 알로말은 그림자조차 보이지 않았다. 그때쯤 되어서야 예도 섣부른 희망을 포기하게 되었다.

에젠 황제 오셀롯은 사신의 보고를 듣고 만족스러웠는지

평소답지 않게 소리 내어 웃었다. 다른 나라에 비할 바 없는 놋의 전차 부대와 세상에서 가장 강력한 전사라고 말할 수 있는 루 도인이 같은 편이 되었다. 예부터 명성을 떨친 제2 제국군도 기병을 제외하고는 고스란히 보존되어 있었다.

좋은 소식은 한꺼번에 찾아오는 법이라 한때 에젠 대공비로 불리던 그라스 시비스의 아내도 아침에 우연히 만났을 때 밝은 얼굴을 보여 주었다.

- 남편의 병세에 차도가 있습니다. 그는 황제의 출진 때까지는 반드시 낫겠다고 합니다.

- 기쁜 일이로군. 그에게 시간이 얼마 남지 않았다고 전해 주게.

미래에 다가올 결과는 확실해 보였다. 그의 권세를 빼앗았던 팔라스 펠리스가 죽었다. 제국을 지키는 것은 한 줌의 제국군과 근본도 알 수 없는 스타인의 군대였다. 거기에 젤레즈니나 애커 따위가 추가된다고 한들 대세를 거스를 수 있겠는가?

- 수, 너는 곧 황실 경호 대장이 되겠구나.

오셀롯의 말을 듣고 루 도인 수는 억지웃음을 지어 보였지만 속내는 편하지 않았다. 그가 모시는 사람의 계산에 빠진 부분이 하나 있었다. 팔라스 펠리스, 제국의 황제를 죽인 사람은 풍문에 따르면 작이었다. 이후로 작은 모습을 감추어 누구에게도 발견되지 않았다.

그는 이미 수에게 오셀롯을 죽이라고 명령한 적이 있었다. 이미 까마귀들의 수장 자리에서 물러나 황제를 죽인 마당에 그가 해야 할 일이 아직 남았다면 오셀롯까지 마저 죽이는 것이 아니겠는가?

수는 머리로도 완력으로도 그를 이길 자신이 없었다. 어쩌면 신체 능력 쪽은 그녀 자신이 앞서겠지만 작은 누구도 알지 못하는 기묘한 검술로 그녀의 가슴팍을 찔러 팔딱대는 심장 근육을 가를 것 같은 사람이었다.

- 조심하십시오. 아직 작이 주위를 떠돌고 있습니다.

이 말은 머릿속으로만 수십 번 반복했을 뿐 실제 입 밖으로 나오는 일이 없었다. 그녀 역시 한때 작이 심은 사람이었기에 그 말 하기를 끝내 저어했다.

오셀롯의 오랜 기다림은 머지않아 결실을 맺었다. 놋의 새 왕과 전차 부대가 먼저 도착했다. 이어서 매가 이끄는 루 도인 군대도 도착했다. 조금 늦게 온 것은 탈것 없이 걸어서 온 탓이었다. 루 도인은 지난번 패배의 원인이 말타기에 익숙하지 않아서라고 판단했다.

그라스 시비스도 병약한 몸으로나마 군대를 지휘할 수 있게 되었다. 그를 위해 병사 네 명이 끄는 수레를 만들었다. 의자에 바퀴를 달고 양쪽에 앞으로 뻗은 손잡이를 단 형태였다. 수레를 끄는 사람이 앉은 사람의 시야를 가리지 않도록 단을 높이 세워 한번 올라가자면 계단 몇 개를 밟아야 했다.

이 모든 일이 일어나는 동안 에이어리는 마법사들을 구할 장치를 만들고 있었다. 오셀롯의 군대가 구성을 갖출 무렵 그는 데스커드의 충고를 듣고 비밀 실험을 준비했다.

그가 만드는 장치가 루 도인에게 어떤 영향을 끼칠지 알아보는 실험이었다.

모제스가 베르크만에게 말했다.

- 알로말은 루 도인이라는군. 겉모습을 보고는 믿지 못하겠지만 모가 그를 장군이라고 부르며 졸졸 따라다니는 것을 보면 사실인 것 같아.

- 슈타이어의 용사는 이제 겨우 다섯인데 벌써 둘이나 루 도인이야.

- 그러면 안 될 게 있나?

- 루 도인이 너무 많아지면 통제하기가 어렵지 않을까?

- 슈타이어 님도 그걸 다 생각하고 받아들이셨을 거야. 그나저나 어디 가신 거지?

- 슈타이어 님? 아까 웬 꼬마가 가져온 편지를 받더니 나가셨어.

- 무슨 편지?

베르크만은 어깨를 으쓱해 보였다.

슈타이어가 받은 편지는 그의 숙소를 따뜻하게 밝히는 불꽃 속에서 타고 있었다.

타다 남은 종이 귀퉁이에 까마귀 문양이 보였다.

슈타이어에게 그 상징은 언제나 한 사람만을 의미했다.

VIII

**피에스가 오직 레푸스 부부를 위한
사형대 건설을 명령한다**

스타인은 드넓은 제국 북서쪽에 붙어 있는 작은 나라였다. 영토의 절반은 산으로 뒤덮여 있어 사람들은 나머지 절반에 모여 살았다. 사람은 어디서나 적응하는 법이라 산지에 사는 사람들도 있었지만, 평지에 사는 사람들은 그들을 업신여기고 같은 스타인 사람으로 대우해 주려고 하지 않았다.

북부 산지를 떠맡게 된 플리니 대공은 몇 년 동안 진심을 내보인 끝에 그곳에 사는 사람들의 마음을 얻을 수 있었다. 플리니 대공의 군대는 제국을 도와 스타인의 독립을 약속받았다. 북부 사람들도 플리니 대공으로부터 독립을 약속받았다.

이러한 놀라운 활약은 천천히 스타인 땅까지 전해졌다. 플리니 대공은 순식간에 스타인의 영웅으로 떠올랐다. 그가 돌아오면 왕이 되어야 한다는 이야기가 공공연하게 사람들 사이를 돌아다녔다. 지위가 높은 귀족부터 더 낮을 수 없는 사람들까지 한목소리로 주장했다.

스타인에서 대립하고 있던 두 세력은 이 소식에 촉각을 곤두세웠다. 플리니 대공이 돌아오기 전에 상대를 쳐부수고 대비할 필요가 있었다.

한쪽 세력은 전통의 귀족 가문인 피가두와 르네가 연합해서 만들었다. 피가두냐, 르네냐? 이 유명한 질문에 등장하는 가문들이었다.

그들이 모시는 왕은 레푸스의 사촌 오레스테스였다. 레푸스가 평소에 쭉정이라고 부르며 모욕하고 아버지 무스텔라의 장례식에서 뺨을 때린 적이 있는 바로 그 사람이었다.

다른 한쪽은 세력이 더 컸는데 광범위한 민중의 지지를 받은 덕분이었다. 그 지도자는 피에스였고 그를 따르는 세력을 피에스의 사람들이라고 불렀다. 그들은 겉으로 스타인의 완전한 통일과 왕의 귀환을 내세웠기에 허수아비 왕을 두고 있었다. 그가 바로 스타인의 마지막 왕이었던 무스텔라의 아들 레푸스였다.

플리니 대공이 마르쿠스와 북부의 지도자 수무르를 이끌고 전쟁에 나가 있는 사이 레푸스의 사정은 더욱 딱하게 변했다. 그는 고립감을 느낀 끝에 피에스를 다시 곁으로 불러들였다. 마르쿠스가 쫓아냈던 사람이었다.

피에스는 다시 레푸스의 선택을 받자마자 그를 조금씩 부추겼다.

　-마르쿠스는 저를 미워합니다. 자기의 권력이 위협받는다고 생각하기 때문이지요.

　-그는 나에게 충성스럽네.

　-그건 그의 권력이 충성에서 나오기 때문이 아닙니까? 지난번에 왕의 명령을 듣지도 않고 멋대로 저를 쫓아낸 사람이 누구입니까? 사람들은 왕의 곁을 지킨다는 이유로 그를 좋아합니다. 실은 그가 왕을 이용해서 자기 힘을 멋대로 쓰고 있는데 말입니다.

　피에스는 거듭해서 레푸스를 왕으로 불렀다. 당연한 말이지만 레푸스는 기분이 좋았다. 스타인 땅에서 그를 대공이 아니라 왕으로 불러 주는 사람이 몇이나 있겠는가? 무스텔라 왕의 아들 레푸스는 스타인의 왕이 아닌 대공 따위로 불리고 싶지 않았다.

　피에스는 그런 레푸스의 마음을 살살 긁어 주었다. 새 왕에게는 새로운 신하가 필요하다는 말도 덧붙였다.

　-어쩌면 그대 말이 옳을지도 몰라. 마르쿠스는 내 앞에서도 자기가 하고 싶은 일을 망설이지 않지. 아버지에게는 충성스러웠으나 나에게도 그런 신하인지는 잘 모르겠어.

　레푸스는 잊고 있었다. 마르쿠스는 아버지가 죽은 후에도 그의 곁을 떠나지 않았다. 마르쿠스가 생명을 걸고 북부 산지를 지나 플리니 대공을 만난 끝에 원군을 이끌었다. 지금도 마르쿠스는 아크마트의 폴로 공국과 임시 협약을 맺고, 스타인의 독립권을 쟁취하러 제국의 전쟁터에 나가 있는 상황이었다.

레푸스는 그 모든 은혜를 잊었다. 항상 그랬느냐고 물으면 그렇지는 않았다. 마르쿠스를 가장 충성스러운 신하로 여겼고 그가 없어서 외로웠다. 그리고 가끔은 그의 훌륭함을 미워했다.

- 마르쿠스.

그의 곁에서 시중을 드는 리츨은 레푸스가 이렇게 중얼거리는 것을 하루에도 몇 번씩 들었다.

그러나 피에스와 함께 있는 순간에는 레푸스도 확실히 마르쿠스를 잊었다. 문제는 피에스가 주변을 맴도는 시간이 길어지면서 레푸스를 영원한 망각으로 몰고 간다는 점이었다.

이렇게 레푸스의 마음이 갈팡질팡하는 상황에 마침표를 찍은 것은 피에스 본인이었다. 그는 어느 날 한때 왕이 될 운명이었던 사람의 우유부단함을 더 이상 참지 못하고 찾아와 말했다.

- 피가두 대공비는 반란자 피가두의 자식입니다. 왕께는 어

울리지 않는 분입니다.

 ― 그는 내 딸의 어머니인데 어찌하겠는가? 감옥에 가두겠는가?

 ― 일단 방에서 나오지 못하게 가두고 피가두 대공에게 전언을 보내는 것이 어떻겠습니까? 그는 자기 딸을 버릴 만큼 모진 사람은 아닙니다.

 레푸스는 이 순간 박차고 일어나 화를 분출하고 피에스의 따귀를 때린 다음 주변 병사들에게 명령해서 그를 체포해야 함을 알았다. 그럴 수 있는 마지막 기회였다. 그러나 그 일은 꿈꾸기에도 아득하게 느껴져서 왠지 현실감이 없었다. 병사들의 눈빛은 광신자처럼 기묘해서 모두 피에스를 신으로 섬기는 것 같았다.

 피에스는 반항하지 않는 대공을 내버려 두고 조속히 조처를 내렸다. 레푸스는 이제 아내를 만나서 대화할 수 없었다. 그의 정신적인 버팀목이 되어 주고 중요한 순간에 조언해 주는 사람이 하나 사라졌다. 마르쿠스는 먼 곳에 있고 아내는 가까운 곳에 있지만 닿지 않으니 레푸스로서는 양팔이 모두 잘린 처지보다 나을 것이 없었다.

 그나마 딸은 함께 갇히지 않았기에 만날 수 있었지만 그 아이를 돌보는 보모들도 하나같이 피에스를 충실히 따르는 자들이었다. 레푸스는 그 사람들이 피에스의 명령을 받으면 아이를 언제든지 성벽 밖으로 집어 던질 수 있는 철저한 신자인 것을 알았다.

피에스는 분명히 레푸스를 참지 못하는 지경까지 일부러 몰고 가는 중이었다. 그는 레푸스가 자기를 대적하기를 바라는 사람 같았다. 진작 신경이 끊어져 분노로 날뛰어야 할 상황이었으나 레푸스는 고민하고 또 고민했다. 이미 결정해 놓고 옆에서 리츨이 간언해도 막상 실행에 나서지 못했다.

- 왕이시여.

둘만 남아서 시중을 들 때 리츨 역시 레푸스를 왕이라 불렀다.

- 왕이시여, 이제 더는 망설일 수 없습니다. 주변은 피에스의 신자들로 가득합니다. 어서 탈출하셔야 합니다.

- 그러나 내 아내와 딸이 여기 있는데 내가 어디를 가겠는가?

리츨은 왕의 태도가 답답했으나 내색하지 않았다. 그는 무스텔라의 아들에게 조금 더 희망을 걸고 싶었다.

피가두 대공의 응답은 생각보다 일찍 도착했다. 심부름꾼의 말에 따르면 그는 편지를 받고 고민하는 일도 없이 잠시 기다리라고 말한 다음 서재로 들어가 곧바로 답장을 작성해서 돌려주었다고 한다.

그 내용은 레푸스가 예상한 것과 정반대였다. 피가두 대공은 딸이 결혼하고 난 다음에는 아버지의 영향이 미치지 않는 법이라고 썼다. 그러니 그녀를 구하기 위해 나라의 일을 그르치는 일은 없으리라는 내용이 이어졌다.

레푸스는 그 내용을 듣고 장인을 원망했다. 리츨은 그보다 조금 더 지혜로웠다.

- 지금 시국에 피에스의 말을 따르면 오히려 피가두 대공비를 더 위험하게 만들 뿐입니다. 피에스도 사람들의 눈이 있으니 차마 그분을 진짜로 해치지는 못할 겁니다. 그러니까 왕께서는 이 나라에서 탈출해 장인께 가십시오. 그리고 같이 피에스를 무찔러야 가족을 구할 수 있지 않겠습니까?

레푸스는 더 적극적으로 피에스에 대항하고 싶었지만 그게 유일한 방법임을 깨달았다. 그가 조용히 탈출을 준비하는 동안 피에스가 찾아왔다.

- 피가두 대공이 저렇게 강하게 나오는데 아무 일도 하지 않으면 우리는 웃음거리가 됩니다. 이대로라면 피가두 대공비를 본보기로 삼아야 합니다.

피에스의 길쭉하고 마른 얼굴은 이제 혀를 날름거리는 뱀처럼 교활하게 보였다. 레푸스는 어째서 한때 그 얼굴이 충직

한 사람처럼 느껴졌는지 자기 판단력을 한탄했다.

— 내 아내를 해치면 그대도 사람들의 지지를 잃을 것이오. 그들은 나보다 아내를 더 사랑하니까.

레푸스답지 않게 뻗대는 태도가 피에스의 눈에 거슬리기는 했지만 그 말은 옳았다. 레푸스가 사람들의 기대를 거듭 배신하면서 피가두 대공비는 남편을 잘못 만난 불쌍한 여인으로 여겨졌다.

— 알겠습니다.

피에스는 순순히 물러서는 듯해서 레푸스를 방심하게 한 다음 곧바로 새 요구 조건을 제시했다.

레푸스는 자기가 아끼는 두 사람을 저울질해 본 다음 마침내 편지 한 장을 써 주었다. 그렇게 하지 않으면 피에스도 정말 피가두 대공비를 해칠 기세였다.

편지는 곧바로 제국 수도로 보내졌다. 거기에는 마르쿠스가 지금까지 보여 준 충성에 감사하나 이제 그 역할에서 벗어나 여생을 편하게 보낼 기회를 주겠다는 내용이 담겨 있었다. 말하자면 해고 통지였다.

마르쿠스가 전장에 나가 있었기에 편지는 한참 묵어 주위의 햇살과 냄새와 습기를 다 흡수해 쭈글쭈글해진 후에야 받아야 할 사람에게 갔다. 마르쿠스는 황제의 시신과 함께 패잔

병처럼 복귀한 뒤 편지를 받았다.

그는 겉에 적힌 레푸스의 이름을 보고 반가움을 느끼지 않았다. 그에게서 올 소식 중 좋은 것을 떠올리기가 어려웠다. 편지를 펴 본 마르쿠스의 안색이 병자처럼 변하자 플리니 대공이 다가왔다.

- 저도 그 편지를 볼 수 있겠습니까?

마르쿠스는 아주 미세하지만 플리니의 눈에는 분명 떨리는 손으로 편지를 건넸다. 편지를 읽은 대공의 표정도 별로 좋지 않았다.

- 무슨 내용이길래 그러십니까? 나도 좀 봅시다.

수무르가 냉큼 편지를 빼앗아 읽더니 혀를 찼다.

- 이래서 스타인을 믿으면 안 되는 거지. 사람을 몇 번 우리고 난 괴물손잎처럼 버린다니까.

플리니는 그를 만류하려다가 그만두었다. 마르쿠스는 무스텔라와 그 아들에 대한 불만을 자기 입으로 내뱉을 사람이 아니었던지라 남을 통해 듣기라도 하는 편이 마음을 달래는 일에 약이 될 것도 같았다.

레푸스의 변덕일 뿐이고 돌아가서 마음을 풀어 주면 된다고 위로할 수도 있었다. 그렇게 하지 않은 것은 플리니와 수무르 둘 다 레푸스를 고집이 카니세리움 같은 사람으로 생각하는 까닭이었다. 어설픈 위로는 하지 않는 것만 못했다.

다음 날 아침이 되자마자 마르쿠스가 플리니의 숙소를 찾아왔다. 아직 땅의 찬 기운이 훈훈하게 데워지기도 전이었다.

- 저는 고향으로 돌아가려고 합니다.
- 저에게는 마르쿠스 님이 필요합니다.

플리니는 마르쿠스의 크고 길쭉한 손을 덥석 잡으며 간곡하게 호소했다.

- 제가 어떻게 혼자서 이 큰일을 감당하겠습니까?
- 그러나 저는 이제 레푸스 대공의 신하가 아니니 그 병사들을 다스릴 자격이 없습니다.

본래 플리니 대공과 수무르가 이끄는 병력이 주가 되었지만, 이 부대에는 마르쿠스가 데려온 부하들도 일부 섞여 있었다. 마르쿠스는 이제 그들에 대한 지휘권을 잃었다.

- 거기에 대해서라면 생각이 있습니다.

마르쿠스는 플리니 대공의 생각에 아연실색했으나 끝내 반대하지는 않았다. 플리니 대공이 말끝마다 임시라는 설명을 덧붙인 덕분이었다. 플리니 대공은 겨우 위장을 건드릴 만큼만 먹는 아침 식사도 건너뛰고 모든 병사들을 소집했다.

- 오늘부터 마르쿠스 님은 레푸스 대공의 신하로서 우리 군대에 머무시지 않는다. 우리는 상의 끝에 마르쿠스 님을 연

합군 총사령관으로 추대했다. 동쪽의 반란군을 물리치고 고향에 돌아갈 때까지 마르쿠스 님께서 바실 장군과 함께 모든 일을 결정하실 것이다.

모인 사람 중에는 제국군 소속도 일부 있었다. 두 군대가 함께 싸움을 치르면서 경계가 모호해지는 부분이 생기는 것은 자연스러운 일이었다. 병사들은 한마음으로 마르쿠스 만세를 외쳤다.

수무르와 마르쿠스, 그리고 우연히 주변을 지나다가 플리니 대공의 연설과 이어지는 환호를 들은 바실 장군은 모두 같은 생각을 했다. 이들은 플리니 대공이 무슨 말을 해도 기뻐할 것이다. 플리니 대공은 교수 시절에 학생들이 의욕을 잃고 잠들게 하는 일에 탁월했지만 어째서인지 지도자가 되고 나서는 사람들의 마음을 끓어오르게 하는 힘이 생겼다. 목소리는 분명 교수 시절과 마찬가지로 힘없이 들리는데도 그랬다.

바실 장군은 이어서 슈타이어의 다섯 용사가 플리니 대공의 오른쪽 뒤에 멀찍이 서서 그를 경호하는 동시에 지지하는 모습을 확인했다. 슈타이어, 베르크만, 모제스, 모, 알로말에 이르기까지 혼자서 수십, 어쩌면 수백을 감당할 수 있는 사람들이었다. 그들이 힘을 합쳐 적진에 뛰어든다면 상대가 누구라도 등줄기가 서늘해지는 것을 피할 수 없을 것이다. 플리니 대공은 군대를 다스리는 일에 있어 마르쿠스를 자기보다 위에 두었지만 그래도 모두는 플리니 대공을 진정한 지도자로 생각할 터였다.

저들이 없으면 제국은 반란군을 진압할 수 없다. 그러나 저들이 반란군을 진압한다고 해도 아무 대가 없이 돌아갈 것인가? 바실 장군은 그 의문을 해소할 수 없었다.

만약 저들이 다른 마음을 품는다면 막을 수 있는 것은 바실 장군 본인뿐이었지만 사실 그렇게까지 제국을 지키고 싶은 마음이 솟아나지도 않았다. 그가 지켜야 할 것은 디노펠리스의 제국이었다. 남 앞에서 공언할 수야 없지만 디노펠리스와 플리니, 둘 중 하나를 모셔야 한다면 그의 선택은 당연히 처음부터 정해져 있었다.

제국에서 멀리 떨어진 스타인 공국에 틀어박혀 있는 레푸스는 자기의 편지가 제국에서 마르쿠스의 지위를 더 높게 만드는 불쏘시개가 되었음을 전혀 짐작하지 못했다. 그는 마르쿠스에게 미안한 마음을 품을 틈도 없이 본인과 가족의 안전을 지킬 방안을 찾는 생각에만 골몰했다.

비록 그의 시중을 드는 신분이라지만 리즐의 말이 처음부터 옳았다. 피에스에게서는 좋은 것이 나오기를 기대할 수 없었고 리즐이 처음 권유했을 때 장인에게 도망쳤다면 지금쯤 꽤 다른 양상이 펼쳐졌을지도 몰랐다. 하지만 이제는 레푸스를 지키는 사람의 수가 눈에 띄게 늘어나서 탈출도 어려워졌다.

- 내 한 몸을 피하고 싶어도 아내와 딸이 걱정이야. 특히 피에스가 딸을 해칠 수 있다고 생각하면 나만 살자고 도망칠 수는 없네.

레푸스는 식사에 곁들인 파르바주 때문에 불콰해진 얼굴로 리츨에게 호소했다. 이 무렵 레푸스는 식사 때마다 물 대신 파르바주를 마셨다. 하루 네 번 식탁에 앉았으니 거의 종일 가볍게 취한 상태였다.

- 그렇게까지 말씀하신다면 제가 보모 중 한 명을 설득해서 공주님을 구하겠습니다. 대신 피가두 대공비를 구하는 일은 어렵습니다. 그 방은 항상 엄중하게 감시받고 있으니까요.

- 딸을 구한다면 그 정도는 괜찮네.

며칠 뒤에 리츨이 레푸스의 잔에 파르바주를 따르면서 준비가 끝났음을 은밀히 알렸다. 레푸스는 떨려서 입을 열지 못하고 고개만 연신 끄덕였다.

리츨은 충성심만큼이나 유능함도 갖추고 있는 사람이었다. 그가 보모를 설득한 수단은 스타인 왕가에 대한 오랜 충성심이었다. 약속된 밤 리츨과 보모와 그 품에 안긴 왕이 될지도 모르는 여자아이는 미리 약속한 장소까지 한달음에 도착했다. 리츨은 하늘의 달을 보며 초조한 마음으로 자기의 주군을 기다렸다.

레푸스는 마음이 모질지 못해서 도망치기 전 마지막으로 아내의 얼굴을 보아야겠다고 생각했다. 피가두 대공비는 갇혀 있었지만 면회까지 금지된 것은 아니었다.

그는 주위의 눈과 귀를 의식하면서 남몰래 딸의 구출 계획을 속삭였다. 피가두 대공비는 기쁨을 눈으로만 드러내며 고개를 끄덕였다.

- 잘하셨습니다. 이제 어서 돌아가십시오.

레푸스가 일어나려는데 피에스가 왕비의 처소를 방문했다. 시간이 늦어 예의에 어긋나는 일이었지만 피에스는 권력을 쥐고 본색을 드러낸 다음부터 본인에게 그런 소양이 없다는 것을 여러 번 증명한 바 있었다. 그는 무례함에 대한 레푸스의 적의를 눈치채고도 모른 척했다.

- 마침 대공께서도 여기 계셨군요. 이왕 이렇게 오셨으니 아예 여기서 주무시고 가시는 게 어떻습니까?

피에스는 레푸스가 우물쭈물하는 사이 먼저 나가서 문을 잠그고 바깥 빗장을 걸었다. 왕비를 가두기 위해 설치한 물건이었다.

레푸스는 창밖을 내다본 다음 작게 외쳤다.

-아뿔싸, 너무 높구나. 여기로 나가는 것은 무리야.

피가두 대공비는 마음만 먹는다면 못 할 일도 아니라고 생각했지만, 남편의 체면을 염두에 두고 가만히 있었다. 그녀는 이 일이 그렇게 큰 문제로 발전하리라고는 생각하지 않았다.

리츨과 보모와 어린 공주는 한참 동안 기다렸다. 리츨은 문제가 생겼음을 직감했다.

-우리끼리 갑시다. 공주님이 적에게 잡히면 안 됩니다.

그들은 며칠 고생했지만 피가두 대공의 품에 무사히 손녀를 넘길 수 있었다.

한편 아침이 되어 벌어진 일을 확인한 피에스는 노발대발했다. 그는 레푸스와 피가두 대공비가 한 일을 나라에 대한 반역으로 선포하고 광장에 사형대를 건설하라고 명령했다.

-정말 둘을 처형하실 생각입니까?

측근 하나가 묻자 피에스는 그를 빤히 쳐다보며 말했다.

-그대가 가서 여론을 수집하게. 여론이 찬성하면 더 부추기고, 반대하면 논란을 만들게. 우리 아이들을 풀면 그 정도는 쉽지 않은가? 여론을 움직이며 향방을 보다가 사람들이 레푸스를 버린다면 우리도 그에게 더 연연할 필요가 없지.

아이들은 피에스의 사람들을 뜻했다.

　　　　　　　-피가두 대공.

　　　　　　-부르셨습니까, 왕이시여.

-그대가 그대의 사위인 레푸스에게 피에스를 버리고

　　　우리에게 오면 왕으로 모시겠다고 말했다는군.

그러면 나, 오레스테스를 섬기지 않겠다는 뜻인가?

　　　-그럴 리가 있겠습니까? 저 간악한 피에스는

　　　레푸스 대공을 내세워 정통성을 주장합니다.

　　그분만 없으면 피에스의 논리가 단번에 무너지고

　　　　　　그의 야욕이 드러날 것입니다.

　　　　　　　-그건 옳은 말이네.

-게다가 제 딸과 손녀가 아직 저쪽에 있지 않습니까?

　　　　　　사위가 가족을 데리고 와야

　　　　　　저도 근심을 덜 수 있습니다.

　　그래서 그럴듯한 말로 속이려는 것뿐입니다.

　　　그가 왕이 되기에 부적절한 재목이라는 점은

　　이제 스타인의 어린아이까지도 알고 있습니다.

-그렇지. 제 아버지의 장례식에서 내 뺨을 때릴 때부터

　　　그 녀석의 몰락은 예정되어 있었던 거야.

IX

재주 없는 자켄이 자유 동맹에서
생겨난 불온한 기운을 저지한다

자유 동맹은 제국 북쪽, 스타인과 젤레즈니 사이에 끼어 있었다. 자유 동맹은 이름에 걸맞지 않게 더 폐쇄적이라 다른 나라 사람은 영토에 들어서는 것조차 어려웠다. 제국 주변의 나라들이 서로 직접 교류하지 않고 제국을 매개체로 삼는 것은 오랜 전통 비슷한 것이 되어 아무도 크게 수상하게 여기지 않았다.

이 나라는 왕이 없었다. 모든 사람 위에 군림하는 왕이라는 존재를 만악의 근원이라고 보고 각 지역의 시민들이 대표를 뽑아 그들이 회의를 통해 만장일치로 정책을 통과시켰다. 의견의 일치를 보지 못하면 누구도 회의장을 벗어날 수 없었다.

지금도 닷새째 회의가 지속되는 중이었다. 대표들은 식사를 제공받기는 했지만 의자에서 쪽잠을 자고 몸을 제대로 씻지도 못한 채로 버티고 있었다. 아침에 대야를 가져오면 겨우 얼굴과 손발에 물을 묻히는 정도였다.

자유 동맹 사람들은 우스갯소리로 대표의 자질 중 가장 중요한 것은 씻기 싫어하는 성향이라고 했다. 남들이 몸이 근질거려 항복할 때까지 버티기에는 그만한 것이 없다고 했다.

회의장 바깥에는 대기실이 있었다. 여기에는 지금 모인 다섯 시민 대표의 보좌관들이 무리를 지어 앉아 수행할 명령이 떨어지기를 기다렸다. 이들은 그래도 당번을 정해서 잠도 자고 몸을 씻고 바깥바람도 쐴 수 있으니 그들이 모시는 시민 대표보다는 처지가 훨씬 나았다.

자켄은 시민 대표 하무라의 보좌관 중 막내였다. 하무라는 대장장이 왕이 자유 동맹에 들어가 작은 소요를 일으켰을 때 그를 막아서서 대화를 시도했던 시민 대표다.

자켄이 하무라를 동경했다거나 정치에 관심이 있었다거나 보좌관이 되고 싶었던 것은 아니었다. 그저 아버지가 하무라의 친구이기 때문에, 아버지에게 아들이 둘 있는데 형이 사업을 물려받으면 동생인 자켄이 정치인이 되어 사업을 지원하는 것이 아버지의 계획이기 때문에 정당한 과정을 거치지 않고 보좌관이 되었다.

아버지의 소망이 너무 노골적으로 드러난 바람에 선배 보좌관들은 자켄을 탐탁하게 여기지 않았다. 그들은 자켄을 당번으로 남겨 두고 벌써 하루째 돌아오지 않는 중이었다. 먹을 것도 가져다주지 않았다. 그를 불쌍하게 여긴 다른 시민 대표의 보좌관들이 음식을 나눠 준 덕분에 겨우 굶는 일만 면했다.

회의가 길어질수록 그의 모습은 점점 초췌해져 자기가 모시는 하무라와 크게 다르지 않은 꼴이 되었다. 자극이 없으면 어째서 자도 자도 피곤한지 그는 하루의 절반을 닭처럼 꾸벅꾸벅 졸면서 보냈다.

- 하무라 님의 보좌관은 들어오십시오.

회의실에서 사람이 나와 말해도 자켄은 듣지 못했다. 대충 듣기는 했는데 꿈에서 듣는 것처럼 아득했다.

- 하무라 님의 보좌관, 안 계십니까?

다른 시민 대표의 보좌관 하나가 보다못해 자켄에게 다가가 그의 어깨를 가볍게 흔들어 깨워 주었다.

- 네?
- 그쪽 대표가 찾으십니다.

자켄의 몰골을 보고 안내자는 눈을 찌푸렸다. 그런 취급을 당하는 일이 유쾌하지는 않았지만 그래도 선배들에 비하면 예의를 갖춘 편이었다.

하무라는 자켄을 보자마자 무슨 일이 일어났는지 알아차렸지만 내색하지 않았다. 다만 회의가 끝나고 바깥에 나가게 되면 한마디 주의를 주어야겠다고 생각했다. 그러나 지금으로서는 언제 나간다는 기약이 없었다. 자유 동맹 역사상 시민 대표 회의

최장 기록은 100일이 넘었다.

―지난 300년간 자유 동맹 외부 방문자의 범죄 재판 기록이 전부 필요하네.

―전부요?

―그래, 아주 많지는 않을 거야. 아마 각 지역 재판소를 따로 방문해서 문서실을 뒤져야 할 텐데 일단 내 관할 구역에 먼저 가서 찾아봐. 재판소에서 열람 허가가 필요하다고 하면 내 반지를 보여 주게. 당번은 다른 사람에게 맡길 테니 자네가 직접 다녀와.

하무라는 반지를 빼서 자켄의 손에 쥐여 주었다. 최소한 며칠이 필요한 일을 맡기는 것은 배려였다. 그동안 자켄은 자유롭게 식사하고 씻고 자는 자유를 누릴 수 있을 것이다.

―감사합니다.

―얼른 가 봐. 시간이 중요하니까.

하무라는 자켄이 씻거나 먹으며 몸을 회복하기 전에 곧바로 재판소로 달려갈 줄은 생각하지 못했다. 그가 당번을 볼 때보다 오히려 자는 시간을 줄이고 문서의 먼지에 눈물과 콧물을 줄줄 흘리며 밤을 보낼 것도 예상하지 못했다. 그의 아버지는 약삭빠르고 요령이 좋은 사람이라서였다. 그러나 유전은 때로 물려주려고 하는 성질의 정반대로 뻗어 나가기도 했다.

재판소에서는 밤이 되면 경비를 제외하고 모두가 퇴근했다. 간혹 남아서 야간 근무를 하는 이가 있었지만 이날은 자켄이 유일했다. 그는 여전히 허기진 배와 기름지게 뭉친 머리카락과 가려운 피부를 지니고 문서 사이를 돌아다녔다. 글자가 가시가 되어 눈을 찌르는 기분이 들어도 몇 번 눈을 깜박이고 나면 그럭저럭 참을 수 있었다.

문서실에는 구석에 아주 작은 창 하나만 있었는데 낮에 햇빛이 들어와 문서가 상하는 일을 예방하기 위해서였다. 그 아래에 책상을 옮겨다 놓고 등불을 켜고 일하던 자켄은 뻐근해진 목을 세우다가 우연히 그 작은 틀 속에 달이 온전히 들어와 있는 것을 발견했다.

- 참 아름답구나. 세상은 아름다워.

혼잣말을 해 놓고 나서 멋쩍어서 뒤통수를 어루만지는 순간 뒤에서 대답이 들렸다.

- 맞아요. 오늘 달은 특히 더 예쁘네요.
- 누구요?

자켄이 서둘러 일어나는 바람에 나무에 못을 몇 개 박아 만든 가벼운 의자가 뒤로 나동그라졌다.

- 죄송해요. 놀라셨어요?

자켄은 문서실에서 글자와 맞서느라 종일 사람을 만나지 못했다. 그래서인지 다시 눈을 깜박인 다음에야 젊은 여자의 윤곽을 제대로 볼 수 있었다.

그녀는 손에 쟁반 하나를 들고 있었다. 그 위에는 빵과 포도와 말린 육포가 가지런히 놓였다.

- 누구십니까?

- 저는 여기 재판소에서 일하는 사람이에요. 낮부터 식사도 하지 않고 일하시길래 요깃거리를 가지고 왔어요. 걱정이 되어서요.

- 아.

자켄은 자기의 반응이 멍청하게 보였으리라고 생각했다.

여자는 수수한 옷을 입고 있었지만 머리쓰개는 붉은빛이 은은하게 도는 것이 제법 고급스러워 보였다. 이제 겨우 성년인 열여섯 살을 넘었거나 조금 더 어려 보였지만 그럴 리는 없었다. 자유 동맹에서 성년이 되기 전인 사람이 직업을 가지는 일은 없었다. 법으로 엄히 금지하고 있었다.

- 여기에 놓고 가시면, 아니, 저에게 주십시오.

자켄은 쟁반을 건네받았다. 여자는 가볍게 인사한 뒤 문을 열고 나갔다. 음식을 입에 넣으면서도 여자의 모습이 머릿속을 떠나지 않았다. 배를 채운 후에는 눈이 밝아져서 글자가 또렷하게 보였고 눈이 더는 침침하지 않았다.

― 앞으로는 식사를 잊지 말아야겠어.

그런 걱정은 자켄에게 쓸모없는 것이었다. 빨간 머리쓰개를 한 사람은 다음 날에도 아침과 저녁에 쟁반을 가져다주었다. 김이 모락모락 나는 고기도 있었고 도수가 높지 않은 술이 담긴 병도 있었다. 먹고 마실 때마다 이상하게 기운이 솟아서 일주일은 걸릴 일을 하루에 해치울 수 있었다.

일을 마친 새벽에 눈을 붙였다가 새가 지저귀는 소리를 듣고 깨니 아침이었다. 바깥이 소란스러웠다. 자켄은 그동안 밀린 잠을 도두 잔 것처럼 몸이 개운했다.

그는 기지개를 켜고 일어선 다음 정리한 자료를 보자기로 묶었다. 이제 다시 시민 대표들의 회의장에 가서 식사도 제대로 못하고 당번을 설 참이었지만 기분은 나쁘지 않았다. 아버지가 처음 하무라의 보좌관이 되라고 할 때는 반발하고 싶은 마음이 강했지만 알고 보니 이 일이 천직인 듯싶었다. 무엇보다 하무라는 인품이 훌륭한 사람이라 모실 가치가 충분했다.

자켄은 재판소를 나오면서 주위를 계속 두리번거렸다. 정문을 벗어난 다음에는 몇 번이나 건물을 뒤돌아보았다. 그에게 음식을 가져다준 친절한 사람에게 작별 인사를 건네기 위해서였으나 그녀는 끝내 모습을 드러내지 않았다. 이름도 모르는 사람을 수소문하는 것이 멋쩍어서 아쉬운 마음으로 그냥 돌아설 수

밖에 없었다.

보좌관 대기실에 돌아가 보니 역시 하무라의 보좌관은 아무도 없었다. 새삼스러운 일은 아니었다. 자켄은 하무라에게 줄 자료를 전달하고 나서야 음식을 조금 챙겨오지 않은 것을 후회했다. 그 순간 붉은 머리쓰개를 한 사람이 주었던 음식들이 머릿속에 떠오르는 것은 당연한 일이었다.

다른 시민 대표의 보좌관들이 자켄을 한참 바라보다가 슬금슬금 다가섰다.

- 알고 있소?
- 뭘 말입니까?
- 그쪽 선배들은 전부 잘렸어요.
- 네?

자켄은 자기도 모르게 고함을 지른 것을 깨닫고 얼른 입을 막았다.

- 모두 잘렸다고요?
- 그래요.

전에 자켄을 깨워 주었던 사람이 설명했다.

- 하무라 님이 그쪽이 나간 다음 날 대기실에 오셨는데 아무도 없는 것을 보고 불같이 화를 내셨어요.

자켄은 선배들이 이 일로 자기를 원망할 것을 알았다. 설령 말해 주고 싶었어도 그로서는 다른 보좌관들이 어디 있었는지 알 도리가 없었다. 그들은 자켄이 부르러 오는 일조차 원하지 않았기에 모여서 어울리는 장소를 철저히 숨겼다.

─그걸로 끝나면 다행이겠지만 아예 사람을 풀어서 그들을 찾아다가 감옥에 가두라고 하셨소. 아마 크게 곤욕을 치르기 전에는 벗어나지 못할 거요.

다른 사람이 옆에서 거들었다.

─그쪽이 고생한 모습을 보고 아셨던 게지. 하무라 님은 우둔한 사람이 아니니까.

동화 속에 나오는 선량한 주인공이라면 이런 일을 겪고도 자기를 괴롭히다가 벌을 받게 된 선배들에게 동정심을 품었을 것이다. 그러나 자켄은 그런 사람이 아니었고 솔직하게 기뻐했다.

─이제는 좀 괜찮아질 거요. 우리도 그런 걸 다 겪어 봤지만 신고식도 하루 이틀이어야지, 원.

위로를 받다가 그날 하루가 다 끝났다. 다음 날에는 하무라가 새로 고용한 보좌관들이 우르르 몰려들었다. 그들은 지난 경력이 어쨌건 자켄을 선배로 대우했다. 자켄은 얼떨결에 하무라의 선임 보좌관이 되어 버렸다.

덕분에 교대로 대기실을 지킬 수 있게 되어서 자켄은 몸을 씻고 식사할 여력을 얻게 되었다. 이제 그는 몸이 간지럽던 것도 냄새가 나던 일도 전부 잊을 만큼 깔끔해졌다.

  자켄이 방심했을 무렵에도 시민 대표들의 회의는 끝나지 않았다. 그들은 개방 정책을 두고 설전을 벌였다. 절반은 자유 동맹의 폐쇄적인 분위기를 사랑했다. 나머지 절반은 이제 자유 동맹도 다른 나라와 더 건설적인 관계에 들어가는 미래를 희망했다.

  하무라는 개방파에 속했다. 그는 대장장이 왕을 만나기 전부터 그런 생각의 싹을 품은 상태였고 대장장이 왕과 대화를 나누면서 그 생각이 더욱 강해졌다. 물론 그 기억은 초자연적인 존재의 영향으로 완전히 사라졌다. 그러나 대장장이 왕을 만난 일을 잊을지언정 그 만남이 정신에 끼친 영향까지 일일이 다 지우는 것은 무리였다.

  - 자켄 님, 시민 대표께서 부르십니다.

  지난번에 자켄을 불렀던 사람이 나와서 다시 그를 찾았다. 다행히 자켄은 대기실에 있었다. 그는 후배들이 잔뜩 생긴 다음에도 꼭 필요한 시간을 제외하면 주로 대기실에서 시간을 보냈다. 달리 할 일도 없었다.

  - 저를 지명해서 부르셨다고요?

  - 꼭 자켄 님과 이야기해야 한다고 하셨습니다.

  자켄은 자기도 다른 선배들과 마찬가지로 해고되는 것이 아닐까 걱정했다. 어차피 원해서 시작한 일이라기보다는 형을 위해 억지로 따른 것이라 오히려 그만두는 편이 홀가분할 텐데 마음은 그렇게 작용하지 않았다. 그는 자기도 모르게 이 일을 사랑하게 되었다.

자켄은 회의실 앞이 아니라 안까지 인도되었다.

- 안으로 들어가라고요?

머뭇거리면서 묻자 그렇다는 대답이 나왔다. 시민 대표가 아닌 보좌관이 회의실 안으로 들어가는 것은 거의 없는 일이었다. 자켄은 작은 두려움을 품고 얼굴을 들이밀었다. 가장 먼저 보이는 얼굴이 익숙해서 마음이 조금 안정되었다.

하무라는 시민 대표로 불리는 사람들에게 자켄을 소개했다.

- 제 수석 보좌관 자켄입니다. 여러분도 잘 아시는 파로의 아들입니다.

- 소문으로만 듣던 파로의 아들이군. 둘째겠지?

- 수석 보좌관이 아주 젊군그래.

열광적인 반응은 아니었다. 그들은 당면한 문제 외에 무엇에도 큰 관심을 두기 힘든 상황이었다. 커다란 탁자와 가득 쌓인 서류와 꾀죄죄한 몰골이 그들의 막다른 상황을 설명해 주었다. 시간이 그토록 흘렀건만 타협은 아직 멀었다는 사실을 자켄도 쉽게 알 수 있었다.

─그대를 부른 것은.

하무라가 빙그레 웃었다.

─이 회의실을 구경시켜 주려는 것은 아니네. 그대를 내 후계자로 대표들께 소개하려는 것도 물론 아니지.

하무라가 분위기를 가볍게 하려고 꺼낸 말에 웃는 사람은 없었다. 그는 농담에 약한 덕분에 훌륭한 시민 대표였다. 그의 진지함은 다른 대표들의 쾌활함과 비관적인 태도와 어우러져 자유 동맹을 굴러가게 했다. 물론 각자 속으로는 상대 같은 태도는 문제가 있다고 생각했다.

─자켄, 어째서 이 서류를 내게 보냈나?

자켄이 재판소에서 모은 서류 더미 맨 위에 올려져 있던 기록을 하무라가 건네주었다. 자켄은 쌓여 있는 서류들을 보고 붉은 머리쓰개를 떠올렸다. 의식하지 않아도 저절로 그렇게 되었다.

─이건 외국인으로 구성된 종교 집단에 대한 재판 기록이네요.

─그래, 최종적으로는 무죄를 선고받았지. 내가 부탁한 서류와는 동떨어진 내용이야. 나는 형사 범죄로 유죄 판결을 받은 자들의 서류를 원했네.

자켄은 재판소 기록실에서 보낸 정신없던 밤을 떠올렸다. 꾸벅꾸벅 졸았으니 서류가 잘못 섞이고도 남을 만했다.

자켄은 하무라와 시민 대표의 눈빛에 긴장해서 사과할 순간을 놓쳤는데 결과적으로 이것이 중요했다. 그가 머뭇거리는 사이 시민 대표들의 표정이 온화해졌다.

-이건 반드시 유죄가 되었어야 마땅한 사건이네. 국가 반역죄라는 말이지. 어째서 이 판사가 피에스의 사람들이라고 불리는 이상한 종교 집단의 모의를 용서해 주었는지 모르겠어. 그대가 생각해도 수상한 부분이 있었기에 내게 가져다주었겠지.

피에스의 사람들이라니, 그 비슷한 것도 본 기억이 없었다. 그러나 자켄은 시민 대표들 앞에서 말할 기회가 없었다.

-우리는 잠시 회의를 중단하기로 했네. 일단 이자들을 일망타진하는 것이 더 중요한 일이니까. 그대는 내 수석 보좌관다운 모습을 보여 주었어. 앞으로도 잘 부탁하네.

자켄의 기억은 거기서부터 잠깐 끊겼다. 정신을 차렸을 때 그는 술취한 사람처럼 재판소 정문에 이마를 기대고 있었다. 금속의 차가운 기운이 그를 현실로 돌아오게 해 주었다. 끊겼던 기억이 전부 되살아났다.

-괜찮으십니까? 무슨 일로 오셨습니까?

경비병은 자켄을 경계했다. 자켄은 흐느적거리는 몸을 추스르며 위엄을 보이려고 노력했다.

-나는, 나는 하무라 님의 수석 보좌관입니다.

─아, 그러고 보니 전에 오셨던 게 기억이 나는군요.

자켄도 다시 보니 경비병의 얼굴이 익숙했다. 그렇다면 부탁하기도 편했다.

─저는 사람을 찾으러 왔습니다.

─누구를 찾으러 오셨습니까?

물론 붉은 머리쓰개를 한 여인이었다. 그에게 식사를 가져다주고 어쩌면 외국의 종교 집단이 침투했다는 증거를 남긴 사람이었다. 처음에는 그럴 리가 없다고 생각했으나 지금에 와서는 거의 확실했다. 그는 피에스의 아이들에 대한 서류를 본 기억이 도무지 없었고 그가 있는 동안 그녀 외에는 자료실에 들어온 사람도 없었다.

하지만 대체 어떻게 그녀가 그 서류를 찾았고 그에게 줄 생각을 하게 되었을까? 만나서 물어보면 될 일이었다.

─그런 사람은 여기 없는데요.

설명을 듣고 나서 경비병이 이마를 찌푸렸다. 그는 조금 전 자켄의 이상한 행동이 떠올라서 그가 술에 취하지 않았는지 자세히 살폈다.

─나는 멀쩡합니다. 그 사람이 분명히 저 안에 있을 거예요.

─그런 사람은 없다니까요.

소동이 커지고 재판소 안의 사람들이 모두 나와서 증언할 때까지도 자켄은 그들을 믿지 않았다. 그러나 다수를 상대로 하는 저항은 몸과 마음을 급격히 지치게 하는 행동이라 결국은 풀이 죽어 물러섰다.

 – 내가 그때 피곤해서 잠시 뭔가에 홀렸던 모양입니다.

저 멀리 골목에서 자켄을 바라보던 붉은 머리쓰개의 여인은 그 말을 듣고 빙그레 웃더니 하늘로 사라졌다. 그녀는 스타인 북쪽 산맥의 검은 용과 푸른 용 크룽흥다르흐를 만나기로 되어 있었다. 세상에 단 셋만 남은 용의 모임이었다.

자켄 파로 종글은 플리니 대왕의

신하로 잘 알려진 인물이다.

그는 자유 동맹이라고 불리던

나라에서 태어나 어린 시절을 보냈다.

지금은 이 나라에 관해 남은 기록이 많지 않아서

그의 배경에 대해서는 많은 부분이 비밀로 남아 있다.

그는 플리니가 제국을 안정시킨 체제 속에서

고속으로 승진을 거듭한 끝에 대왕의 말년을

빛나게 해 준 신하 중 하나에 당당히 이름을 올렸다.

자켄은 특이하게도 외출할 때면 언제나

붉은 모자를 쓰고 다녔다.

그래서 빨간 머리 자켄이라는 별명이 붙었는데

어느 날 동료가 이렇게 말하는 일도 있었다고 한다.

- 어제 시장에서 사람들 틈에 끼어

운신이 어려웠는데 저 멀리 붉은 모자가

설핏 보이길래 그대도 시장에 온 줄 알았소.

자켄은 껄껄 웃으며 자기도 어제

시장에 갔었노라고 인정했다.

X

**에이어리가 마법의 근원
속에 갇혀 자유를 잃는다**

세상은 다시 혼란스러워졌다. 두 황제 중 하나가 죽었으나 살아남은 황제의 아들이 새 황제가 되어 아버지와 대적했다. 모두가 이것이 마지막 대결임을 알았기에 서둘러 편을 정하고 지원군을 보냈다. 우기가 찾아와서 당장 결판이 나지는 않았지만, 비가 그치고 땅이 마르면 작년과 마찬가지로 흙을 피로 적셔 인간의 탐욕을 사하는 제물로 바치게 되어 있었다.

대장장이 왕은 이 싸움을 말릴 힘을 지니고 있었다. 그러나 처음부터 대장장이 왕의 힘이 정치적 평화를 위해 주어졌다고는 말할 수 없었다.

최초의 대장장이 왕은 그저 자기의 원래 직업인 대장장이로서 뛰어나기를 원했다. 지혜롭지도 않았고 앞날을 내다보는 혜안도 없었다.

그를 계승한 대장장이 왕 중 하나는 사물의 원리를 탐구한 끝에 이러한 원리를 발견했다. 힘이 있다면 작용하기 위함이다. 신이 이렇게 큰 힘을 준 것은 큰일에 개입하라는 뜻이다. 그러니 단순한 다툼이 아니라 나라와 나라 사이의 문제를 해결해야 한다.

뒤를 이은 모든 대장장이 왕이 그 뜻에 동의한 것은 아니었으나 완전히 반대하지도 않았다. 어떤 이는 자기가 힘을 잘못 쓸까 두려워 신전에 은둔했고, 어떤 이는 적극적으로 정치에 개입했다.

그리고 여기 선대 대장장이 왕들의 의지를 이은 32대 대장장이 왕 에이어리가 있었다. 그는 앞선 사람들과 마찬가지로 자기가 어떤 선택을 해야 하는지 끊임없이 고민하는 존재였다.

고민 끝에 나온 선택은 아니었지만 에이어리는 온 나라가 절반으로 나뉘어 싸우는 거대한 전쟁에 참여하는 대신 마법사 왕국에 있는 공처럼 둥그런 물건 안에 틀어박혀 있었다. 더 정확하게 말하면 다시 전쟁의 기운이 무르익는 것조차 모르고 있었다.

한 몸에 공생하는 에메랄드 형제는 한때 친구였던 마법사들의 왕 루비 카르멘의 권력을 위협하는 행동을 하지 않으려고 조심했다. 그러나 단 한 가지만은 자기들이 직접 다스리려고 했는데 바로 마법사 왕국 북쪽 공터에 만들어지는 비밀 장치와 관련된 일이었다. 한때 그곳은 실험체인 루 도인이 머물던 곳이었으나 세타세가 살해당한 이후로는 오랜 기간 버려진 땅이었다.

여왕은 묻지 않고도 에메랄드 형제의 뜻을 알았으나 그것이 마음에 들지는 않았다.

- 대장장이 왕에게 전쟁에 대해 말하지 않는 것이 좋은 선택일까?

- 그는 지난번에 전쟁터 한복판에 나타나서 전쟁을 끝낸 것을 아주 자랑스럽게 여기고 있어. 나도 열 번 정도는 들었을 거야. 그러니까 다시 전쟁이 일어난다는 소식을 들으면 달려가겠지.

- 그러면 안 되는 거야? 그건 모두에게 좋은 일이야. 우리의 대장장이 왕은 정의로워.

에메랄드 아리셀리스가 루비 카르멘을 뚫어지게 바라보았다. 아니, 몸은 아리셀리스의 몸이었지만 그녀를 바라본 사람은 라토 혼자였다. 카르멘은 알 수 있었.

둘은 같은 외모를 지니고 태어났지만 그녀를 정면으로 마주할 수 있었던 것은 언제나 라토뿐이었다. 아리셀리스는 언제나 그녀가 아니라 뒤에 펼쳐진 마법의 바람을 보며 말했다. 그녀가 맺혀도 좋다고 허락된 공간은 언제나 눈동자의 가장 자리였다. 언제나 그랬다.

– 루비?

– 응, 라토.

– 대장장이 왕은 우리라고 불러서는 안 되는 사람이야. 그는 우리 마법사들과 섞일 수 없는 다른 존재야.

– 이번에는 네가 틀렸어, 라토. 그는 마법의 흐름을 느끼고 사용할 수 있어. 자기도 잘 모르는 것 같지만. 아마 네가 그의 몸에 넣었던 그 이상한 덩어리가 작용한 것 같아.

라토는 자기가 깃들어 있는 아리셀리스의 이마에 주름을 만들고 눈을 가늘게 떴다.

– 그럴 리가.

– 대장장이 왕과 이야기하다가 알게 됐어. 그는 방법도 모르면서 본능적으로 가짜 세계를 만든 적도 있대. 그건 누가 봐도 신의 힘이 아니라 마법의 한 종류야. 너도 알겠지만 나도 갇힌 적이 있지.

다이아몬드 카분은 루비 카르멘을 가짜 세계에 가둔 적이 있었다. 그녀로 위장해서 왕을 암살하기 위해서였다. 그 계획이 성공하는 바람에 지금 라토는 아리셀리스의 입으로 말하게 되었다.

– 대장장이 왕이 마법의 흐름을 사용할 수 있다?

라토는 이미 카르멘이 자기 앞에서 사라진 것처럼 혼자 중얼거리더니 성을 뛰쳐나갔다. 그의 뒷모습을 보며 카르멘은 궁금해했다. 아리셀리스는 모든 대화를 잠잠히 듣고 있었을까, 아니면 의식 밑으로 가라앉아 아무것도 몰랐을까?

대장장이 왕 에이어리는 데스커드가 남긴 의문에 답하기 위한 실험을 계획하고 실행하는 중이었다. 덕분에 에메랄드 형제가 원하는 장치를 만드는 속도는 더뎌졌다. 에이어리는 전혀 미안해하지 않았다. 그 장치를 만드는 일은 의무가 아니라 대장장이 왕의 호의에서 나왔다.

실험 없이 이 장치를 완성해서 작동했는데 만약 루 도인들이 모두 뻥뻥 터진다면 그 결과를 감당할 자신이 없었다. 대장장이 왕은 스승이 젤레즈니로 진격하는 제국군을 막아 내고 오랜 기간 죄책감에 허우적거렸던 것을 기억했다. 카부스빌의 학살자. 그 별명은 희미해졌지만 오카브는 여전히 수치심에 시달렸다.

에이어리는 며칠 동안 두 가지를 만들어 냈다. 첫 번째는 루 도인을 대신할 실험 모형이었다. 루 도인은 대장장이 왕과 마법사 왕이 함께 창조한 생명체라 신의 힘과 마법의 힘이 모두 깃들어야 했다. 마법사들의 도움이 없다면 불가능한 일처럼 보였다.

그러나 이 무렵 에이어리는 초대 대장장이 왕을 만난 경험 이후 탐구를 계속한 끝에 그 원리를 꽤 정확하게 파악하고 있었다. 신의 힘과 마법의 힘은 완전히 이질적인 것이 아니라 같은 힘의 서로 다른 발현 양상이었다. 그는 신의 힘을 변환시켜 마법의 힘을 만들 수 있을 것이라는 이론을 세웠다. 그 결과 완전히 같지는 않아도 대략 비슷해 보이는 힘을 구현하는 데 성공했다.

근원은 같지만 대립하는 두 힘을 섞을 수만 있다면 루 도인과 같은 속성을 지닌 실험체를 만드는 일은 전혀 어렵지 않았다.

두 번째 발명품은 두 힘을 충돌시키는 간단한 장치였다. 두 힘은 서로 부딪치면서 격렬하게 반응했다. 그 여파가 주위의 공기를 떨게 하는 것이 눈에 보이는 듯했다.

-성공이야. 이건 네가 마법의 힘으로 조종당하는 카니세리움에 화살을 날렸을 때랑 비슷하잖아?

데스커드는 고개를 주억거릴 따름이었다. 에이어리는 실험 중간에 자기만 이해할 수 있는 여러 원리에 대해 끊임없이 떠들었다. 대장장이 왕의 경호원은 듣는 척만 하고 주로 신전으로 돌아가 투란을 만날 일을 상상했다. 한때 그도 대장장이 왕이 될 뻔했는데 결국 그렇게 되지 않아서 다행이라는 생각이

들었다.

  실험은 장치 밖에서 벌어졌다. 그 안에는 아직 알툰세가 들어가지 않았지만 민감한 부품들이 가득했기에 폭발을 일으키기 적당하지 않았다. 그리고 어차피 주변은 황량한 공터였다.

  데스커드가 멀리 보이는 에이어리의 장치를 보고 감탄해서 소리쳤다.

  -저건 마치 달이 땅에 떨어져 박힌 것 같네요.

  에이어리도 돌아보고 나서 동의했다.

  -그래, 달이야. 시간이 남으면 겉을 노랗게 칠해야겠어. 아니, 시간이 안 남아도 칠해야지. 밤을 새우더라도.

  -어차피 곧 폭발할 물건이잖아요?

  -아름다운 것을 폭파해야 더 멋진 법이지. 노란 파편이 사방으로 흩어질 때 그 모습을 멀리서 지켜본다고 생각해 봐.

  -아까울 것 같은데요?

  -이런, 어차피 모든 아름다움은 파괴될 운명을 타고났어. 그렇다면 아름답게 파괴되는 쪽이 더 좋은 거야.

  에이어리는 카부스빌에서 스승과 함께 루 도인을 막아 내던 기억을 떠올렸다. 두 대장장이 왕이 합동으로 만들어 낸 함정이 하늘을 뒤집어엎고 땅을 흔들며 루 도인 전사들의 맹렬한 기운을 부수던 모습이 지금도 생생했다. 그 얼마나 멋진 광경이었던가.

지금 에이어리는 그렇게 자기의 피를 땅에 흘리고 싶어 하던 자들을 위해 하지 않아도 좋은 실험을 할 참이었다. 그는 자기가 선한 사람이라 그렇게 한다고 생각하지는 않았다. 결국 루 도인의 타고난 고통은 초대 대장장이 왕이 만들어 낸 것이라 책임감을 일부 공유할 뿐이었다.

만약 그들의 칼에 자기가 다쳤거나 스승인 오카브가 당했다면 에이어리는 아무 거리낌도 없이 장치를 작동시켰을 것이다. 젊은 대장장이 왕은 그렇게 자기의 선의를 둘러댔다.

루 도인의 속성을 닮은 실험체가 공터에 아무렇게나 놓였다. 그 옆에는 알툰세가 들어가 폭발하게 될 커다란 장치를 모방한 작은 장치가 있었다. 대장장이 왕과 경호원은 폭발의 여파가 미치지 않을 만큼 먼 곳에 서서 결과를 기다렸다.

–그런데 저건 어떻게 터뜨리죠?

데스커드가 조바심을 냈다.

–응?

–우리는 이렇게 멀리 떨어져 있잖아요? 제가 또 활을 쏘나요?

–아니. 시간이 지나면 저절로 터질 거야.

–얼마나 지나야 하는데요?

말이 끝나기도 전에 땅이 쑥 꺼지는 느낌이 들더니 데스커드의 몸이 휘청였다. 공기가 파르르 떨리는 느낌과 귀에 들릴 듯 말 듯 한 소음이 연이어 날아왔다. 그리고 먼지처럼 날아올랐던 침묵이 서서히 땅을 덮었다. 조금 전까지 벌어진 일은 착각이라고 주장하는 것 같았다.

 - 지금 터졌어.

 에이어리는 여유로웠지만 데스커드는 죽음의 구덩이를 빠져나온 사람처럼 하얗게 질려 있었다.

 - 주먹보다 작은 장치가 작동했는데 이렇게 영향력이 강하다고요? 그러면 저기 저 커다란 달 같은 것이 작동하면 어떻게 되는 거죠? 그 속에는 알툰세도 들어 있잖아요? 이 땅이 흔들리다 못해서 아예 가루가 되겠는데요?

 - 일단 이 주변은 아무것도 없는 황량한 공터라서 딱히 누가 피해를 볼 것도 없어. 어쩌다가 이렇게 넓은 땅을 그냥 내버려 두었는지 모르겠지만.

 그 대답은 간단했다. 마법사들의 선조는 위대한 왕 세타세가 실험체에게 암살당한 그 땅을 불길하고 저주받은 곳이라고 단단히 못 박아 두었던 것이다. 에이어리는 여전히 이 땅이 루 도인이 탄생한 곳인 줄 모르고 있었다.

 - 그리고 잊은 모양인데 저 장치는 마법사들이 원해서, 그

들이 필요하다고 해서 만든 거야. 마법의 흐름을 되돌리기 위한 장치라고. 설령 자기들 집이 전부 무너진다고 해도 나를 탓하지는 않을 거야.

에이어리는 겁먹은 데스커드를 책망하며 앞장서서 걷다가 갑자기 멈추어 버렸다. 데스커드가 예상하지 못하고 계속 움직이는 바람에 부딪혀 밀려나면서도 비킬 생각은 하지 않았다.

- 왜 그러세요?

에이어리는 대답 없이 실험체 쪽으로 곧장 걸어갔다. 루 도인의 생체 조직을 본떠서 만든 것이었다. 신의 힘과 마법의 힘이 서로 부딪히지 않고 조화를 이루도록 조직을 치밀하게 맞물려 두었다. 말하자면 두 가지 종류의 실을 교차해서 만들어 낸 옷감과 비슷했다.

한때 에이어리를 우쭐하게 했던 그 결과물이 지금은 까맣게 탄 숯덩어리가 되어 그 자리에 오롯이 서 있었다. 에이어리는 손을 떨며 실험체를 집어 들었다. 뒤에 선 데스커드는 손을 델 수도 있다고 말리려다가 그만두었다.

에이어리는 까맣게 탄 덩어리를 반으로 쪼갰다. 본래 부러지지 말아야 할 것이 쉽게 툭 부러졌다. 안을 확인해 보니 더 심각한 사실이 드러났다. 두 힘이 얽힌 조직 구조는 장치의 영향을 받아 서로 격렬하게 반응한 나머지 하나로 엉겨 붙어 버렸다.

에이어리는 조각 중 하나를 데스커드에게 던졌다.

– 새까맣게 탄 빵 같네요.

– 저걸 작동시킨다면 모든 루 도인이 그렇게 될 거야.

에이어리는 멀리 보이는 가짜 달을 가리켰다.

– 우리는요?

– 우리는 괜찮아.

– 어떻게 아세요?

– 내 몸으로 실험해 봤으니까.

– 하지만 왕께서는 대장장이 왕이시잖아요. 힘이 없는 보통 사람도 괜찮은 거예요?

– 응, 확실해.

– 어떻게 아세요?

– 너도 그때 옆에서 자고 있었어.

데스커드는 펄쩍 뛰었다. 정말로 두 발이 땅에서 떨어졌다.

– 아니, 저한테 말도 없이 그러시면 어떡합니까?

– 괜찮아, 데스커드. 이론적으로 문제가 없었어. 인간도 동물도 식물도 괴물도 처음부터 두 힘이 결합된 존재야. 대장장이 왕과 마법사 왕이 만들어 낸 루 도인은 원래 세상에 있는

생명체를 그대로 흉내 낸 거니까.

― 그렇다면 인간에게도 문제가 생겨야 하잖아요?

― 인간과 동물과 식물과 괴물은 그 결합이 단단해서 쉽게 끊기지 않아. 하지만 루 도인은 작은 충격에도 쉽게 실오라기가 풀려나갈 위험이 있는 거야. 그렇게 되면 이런 파멸적인 결과가 나오는 거지. 두 왕은 자기들이 생각했던 것만큼 완벽하지 못했던 것 같아.

에이어리는 검은 덩어리를 있는 힘껏 멀리 던졌다. 땅은 당장 그 낯선 물건을 받아들이지 않았다. 그러려면 시간이 좀 걸릴 것이다. 바람이 불고 땅이 얼었다 녹고 흙먼지가 쌓이고 비가 내리고 강이 범람하는 일을 반복하고 나서야 비로소 품을 것이다.

― 우리가 문제가 아니야. 저 장치는 루 도인을 멸절하는 무기가 될 거야.

― 그런 일이 있어서는 안 되지요.

데스커드는 루 도인과 좋은 사이였던 적이 없었지만 조금도 고민하지 않았다.

― 그래, 너는 지금 당장 남쪽으로 가서 루비 여왕과 에메랄드 형제를 모셔 와. 이 일을 그 사람들에게 설명해야 하니까.

데스커드는 군말 없이 명령을 받들었다. 그가 지평선 너머로 점처럼 사라지는 것을 보고 에이어리는 허공을 향해 외쳤다. 혼잣말은 아니었다.

―자, 보셨겠지요? 우리 대장장이 왕은 뭐든지 할 수 있는 존재가 아닙니다. 우리에게 그런 힘은 없어요.

에이어리는 초대 대장장이 왕, 관찰자가 그의 말을 듣고 있다고 확신했다. 그러나 대답은 없었다.

―누구에게 말씀하시는지 모르겠군요.

에이어리에게는 알고 보니 손님이 있었다. 한 몸에 두 영혼이 깃든 사람이 소리 없이 그의 곁에 다가와 있었다. 대장장이 왕은 금지된 장난을 치다가 들킨 아이처럼 얼굴이 붉어졌다.

―설명할 필요도 없이 전부 보셨군요.

마법사는 어깨를 으쓱할 뿐 부인하지 않았다. 그는 대장장이 왕을 뚫어지게 보기만 했다. 에이어리는 혼자 조급해져서 말을 꺼냈다.

―제가 만든 장치는 온 세상의 루 도인을 죽일 겁니다. 특히 거기 있는 알툰세가 저 안에 들어가서 함께 폭발한다면요. 우리는 먼저 루 도인에게 피난처를 만들어 줘야 해요. 그걸로도 세상에 흩어진 모든 루 도인을 구할 수 있을지 모르겠지만요.

에이어리의 목소리가 떨렸다.

―꼭 만들어야 합니다. 시간이 얼마가 걸리더라도 애꿎은

사람이 죽어서는 안 돼요.

 - 그렇군요. 알겠습니다.

라토와 아리셀리스의 목소리가 섞여 나왔다. 갑자기 아리셀리스는 가슴을 격렬하게 쥐었다. 이어서 나온 목소리는 전적으로 라토의 의지에만 따르고 있었다.

 - 그렇지만 루 도인은 사람이 아닙니다. 저도 알고 왕께서도 아시지 않습니까? 우리는 선조들의 장난을 기억하는 것이 허락된 소수입니다.

에이어리는 어느새 자기 입술이 바싹 마른 것을 느꼈다. 어째서 이렇게 초조하고 불안한지 알 수 없었다.

 - 우리에게는 시간이 없습니다, 대장장이 왕.

라토는 에이어리가 그게 무슨 뜻인지 묻기도 전에 손을 뻗어 에이어리의 몸을 공중에 띄웠다. 에이어리는 반격할 겨를도 없이 몸을 허우적거렸다. 아리셀리스의 몸에 든 라토는 그대로 대장장이 왕을 장치 안으로 집어 던졌다. 달을 닮은 거대한 구는 마치 마법사 왕의 말을 알아듣기라도 하는 것처럼 입을 벌려 먹이를 받아들였다.

어둠, 오직 어둠이 대장장이 왕을 감쌌다. 대장장이 왕은 보이지 않는 마법에 팔다리가 결박된 채로 일어난 일을 곱씹어 보게 되었다. 누가 어둠 속에 두려움과 체념을 풀었는지 끊임

없이 자책이 뒤따랐다. 어째서 마법사 형제의 반응을 예상하지 못했을까.

에이어리의 손이 어떤 물질에라도 접촉한다면 그는 구조와 형태를 변형시켜 탈출할 능력이 있었다. 라토는 그것을 잘 알았기에 에이어리의 양손을 공허 속에 두었다.

물질과 접촉해야 비로소 힘을 발휘할 수 있다. 대장장이 왕에게는 손이 필요했다. 그는 입을 벌려 말하는 것만으로 물건을 창조해 내는 존재가 아니었다. 그는 신이 아니라 인간이었다.

어둠을 빛의 부재라고 이해하는 사람이 있다.

그러나 마법사들의 지혜서에서는 다른 말을 전한다.

어둠을 재료로 빛이 만들어졌고 그래서 어둠이

만물의 근원이자 마법사들의 힘의 원천이 된다는 것이다.

『생물 사전』의 저자이자 모든 지식의 아버지 흄 알라비드도

자신의 저서에서 비슷한 견해를 제시하고 있다.

그는 어둠을 태초에 원래 있었던 것, 아직 얽매이기 전인

덩어리, 역동하는 힘으로 표현한다. 이 힘이 마침내

질서를 갖추게 되면서 우리가 사는 세상이 나왔다.

알라비드는 이렇게 말한다.

우리는 어둠을 모르고 살 수 없다.

모두가 어둡고 좁은 공간에서 몸을 웅크리고 자라다가

마침내 세상으로, 빛 속으로 터져 나오게 된다.

태아는 빛을 보자마자 울음을 터뜨리는데 그것은 마침내

어둠에서 해방되었다는 기쁨의 눈물이요, 또한 다시

어둠으로 돌아갈 수 없다는 아쉬움의 눈물이기도 하다.

그 시절의 기억을 되돌릴 수만 있다면

많은 것이 뚜렷하고 명확하게 밝혀질 것이다.

XI

**나, 관찰자가 라토와 아리셀리스의
마지막 대화를 엿듣는다**

―자, 보셨겠지요? 우리 대장장이 왕은 뭐든지 할 수 있는 존재가 아닙니다. 우리에게 그런 힘은 없어요.

나는 들었다. 에이어리가 응시하던 그 자리에 있었던 것은 아니었지만 나를 향한 질책은 귀에 들어왔다. 정확히 말하면 나에게는 귀가 없으니 들은 것은 아니다. 그러나 나는 들었다.

내가 어떻게 참담한 심정을 느끼지 않을 수 있겠는가. 그래도 내가 겪은 고통은 내 실수로 루 도인이 겪은 고통의 총합에 비하면 아무것도 아니다. 고통을 만들어 내는 사람은 그 결과를 감내해야 하는 사람과 언제나 동떨어져 있다. 그 죄책감은 결과를 책임지기에는 너무 작아서 맞교환의 원리가 작용하지 않는다.

나의 죄책감은 루 도인에게 아무런 도움이 되지 않는다. 내 감정으로는 사태를 해결할 수 없다. 나의 후임으로 결정된 대장장이 왕 에이어리가 나를 대신해서 징벌받고 있다. 그가 나를 대신해서 이 문제를 종결지어야 한다.

그것이 이 문제의 유일한 해결법이다.

나는 그가 소리칠 때 에메랄드 형제가 근처에서 모든 상황을 지켜보고 대화를 듣고 있다고 말하고 싶었다. 그들은 에이어리가 작은 장치를 작동시키기 전 저 멀리 떨어진 자기 집에 있었다. 에이어리가 장치가 제대로 작동하는지 잠깐 시험한 순간 발생한 작은 공기의 떨림은 거리가 멀어질수록 작아져 공터를 지나 마법사들이 모여 사는 구역에 이르러서는 새의 날갯짓보다도 미미했다. 그러나 곤충보다 예민한 감각을 지닌 에메랄드 아리셀리스는 곧바로 어떤 사실을 직감했다.

그는 집을 나와 공중으로 솟구쳤다. 그리고 장치가 작동하면서 실험체를 새카맣게 태우고 땅을 뒤흔드는 바로 그 순간을 정확히 노려 착륙했다. 실험에 정신이 팔린 에이어리와 데스커드는 등 뒤에 나타난 적을 눈치채지 못했다. 그래, 이제 에메랄드의 손에 갇히게 된 마당이니 그들을 적으로 부르는 일에 거리낌은 없다.

나는 그들이 결국 에이어리의 적이 되리라는 사실을 알고 있었다. 에이어리가 만든 세상에 오랜 시간 갇혀 있으면서도 말하지 못한 단 한 가지 사실이었다. 에이어리가 그들에게 호감을 품고 그들의 처지를 딱하게 여겨 자기의 힘을 빌려주기로 결심한 다음 결정적인 순간에 배신당해야 모든 일이 이루어지기 때문이었다. 에이어리가 먼저 그들을 미워하고 경계하면 결말이 나지 않을 테고 그러면 나는 유령의 신세에서 벗어날 수 없었다.

헛된 욕망을 품은 대장장이 왕이 마법사 왕을 찾아가서 도움을 청한다. 그는 마법사 왕의 눈에서 자기와 같은 야심을 읽는다. 루 도인의 고통은 이 둘의 합작품이다.

그러니 문제를 해결하는 것도 우리의 후손 중 하나가 아니라 둘이 함께해야 가능하다. 물론 그들의 관계는 협력이 아니다. 그러나 대립하는 자들도 결국에는 협력하는 것과 마찬가지이니 그들의 힘이 얽히고설켜 새로운 결과를 창조해 내기 때문이다.

이제 나는 에메랄드 형제의 대화를 들어 보려고 한다. 그들은 머릿속에서 남들을 차단한 채 음성 없이 말하고 있다. 그러면 아무도 듣지 못할 것으로 생각한다. 그런 착각이야말로 에메랄드 형제의 자만심을 잘 보여 준다.

—우리가 무슨 짓을 한 거야? 어째서 대장장이 왕을 가둔 거야?

떨리는 목소리는 동생 아리셀리스의 것이다. 잠시 공동으로 점유한 육체의 진짜 주인이기도 하다.

―아리셀리스, 아직도 깨닫지 못한 거냐? 우리는 이 일을 위해서 태어났어. 모든 마법사의 운명이 우리에게 달렸다고. 정말 오랜 기간 준비된 일이야.

―하지만.

―우리 어머니는 우리와 함께 알툰세를 품다가 견디지 못하고 돌아가셨다. 너는 그 희생을 헛되게 만들 생각이야? 그리고 나도 네 몸에서 버틸 수 있는 시간이 얼마 남지 않았어.

아리셀리스는 정신을 차리지 못한다. 그는 어떤 면에서 에이어리를 닮았다. 에이어리가 미숙함을 순진하게 그대로 드러낸다면 그는 잘 만들어 낸 마음의 갑옷으로 방어한다는 점만 다르다. 그러나 누구도 뚫을 수 없는 그 내부에 이미 함께 살고 있는 라토에게는 그런 방어가 통하지 않았다.

아리셀리스는 망설인다. 만약 그에게 나와 같은 300년이 주어진다면 그는 그 기간을 망설이는 일에 보낼 것이다. 그가 무엇을 할 수 있겠는가? 형을 몸에서 축출한다거나 알툰세를 파괴하는 것과 같은 극단적인 일은 할 수 없다.

조금만 생각해 보아도 알 수 있다. 그는 마법사 왕국의 예언과 주변의 시선을 견디지 못하고 도망쳐 은둔했다. 그는 시련에 맞서 싸우는 유형의 인간이 아니다. 그는 도망자인 것이다.

그의 형 라토는 동생을 잘 알고 있다. 어쩌면 그는 자기가 육체를 잃고 동생의 몸에 알툰세와 함께 깃든 상황을 오히려 기껍게 여겼을지도 모른다. 그쪽이 아리셀리스의 협력을 끌어내기에는 훨씬 좋은 방법이었다. 동생이 거절할 수 없다는 것을 라토는 알았다.

─루 도인이 모두 죽는다고 했어.

─아직 확실히는 몰라.

─대장장이 왕은 자기가 하는 일을 잘 알아. 분명히 루 도인이 전부 죽을 거야. 그것도 비참하게 몸이 타들어 가면서.

─어차피 그들은 인간이 아니니까 괜찮다.

─그게 무슨 말이야?

─언제까지 어린애처럼 굴 생각이냐, 아리셀리스. 너와 나는 거의 동시에 태어났다. 나 혼자 어른이 되어 모든 것을 책임지게 하지 말고 너도 당당하게 굴어라.

그리고 그들의 머릿속에서 어떤 일이 일어난다. 나는 그것을 볼 수 없어야 하지만 어째서인지 나는 그것이 보인다. 아리셀리스가 접근하기 두려워했던 라토의 기억 속 가장 깊은 곳에 비밀 금고 같은 미지의 공간이 있다. 라토는 동생의 손을 잡고 그를 그쪽으로 인도한다.

그리고 아리셀리스는 알기를 거부했던 지식, 어렴풋이 느꼈지만 항상 고개를 떨치며 멀리했던 앎을 체화한다. 그것들은 방금 안 것이 아니라 아주 오래전부터 알았던 지식이 되어 아리셀리스에게 들러붙는다.

 아리셀리스는 고통에 차서 비명을 내지르지만 그의 정신을 벗어나지 못하는 탓에 남들에게 아리셀리스의 얼굴은 여전히 영원한 평화로 가득 차 있는 듯하다. 그는 고개를 들어 온유하게 하늘을 쳐다본다. 육체를 조종할 수 있다면 바닥을 마음껏 뒹굴며 흙먼지와 같은 처지가 되겠지만 형 라토가 허용하지 않는다.

 ─아리셀리스, 정신 차려라. 나는 이제 너를 인도할 수 없으니까.

 아리셀리스는 발광을 멈추고 가만히 있다. 그는 형이 한 말의 의미를 생각하는 중이다. 라토는 기다릴 생각이 없다.

 ─내가 대장장이 왕의 부탁을 듣지 않았던 건 루 도인이 지킬 가치가 없는 번거로운 존재라는 이유 때문만은 아니다. 우리에게 남은 시간이 많지 않다. 너도 느꼈겠지만 알툰세를 제어하는 일이 점점 어려워지고 있어. 이대로 놓아두면 얼마 지나지 않아 이 몸이 파괴되면서 끝날 거야.

 아리셀리스도 알고 있었다. 사람들은 라토가 그의 몸에 깃들게 된 다음부터 이미 나이보다 늙어 있었던 형의 영향인지 몸의 노화가 급속도로 진행된다고 생각했다. 조금만 생각해 보면 그렇지 않다는 것을 알 수 있었다. 라토가 몸속의 알툰세를 제어하느라 젊음을 빼앗긴 것과 같은 과정이 아리셸리스의 몸에서도 일어나는 중이다.

아리셸리스는 라토와 알툰세를 자기 몸에 붙들어 놓기 위해 안간힘을 쓰고 있다. 그의 팔뚝에는 항상 핏줄이 솟아 있는데 자기도 모르게 근육에 준 힘을 풀 여유가 없는 탓이다. 그는 점점 한계에 다다르고 있다.

나는 라토의 말이 거짓 없는 진실임을 알고 있다. 그리고 라토가 루 도인을 하찮게 보는 태도가 마음에 들지는 않지만 그를 책망할 생각은 없다. 에이어리라면 그럴 자격이 있다. 그러나 모든 비극의 원인인 내가 다른 사람이 나처럼 무신경하고 자기만 생각한다고 비난하는 것은 신의 분노를 사기 마땅한 일이다.

- 형은? 형은 이보다 더 오랜 세월을 버텼잖아?
- 나는 어려서부터 알툰세와 함께 자랐다. 그리고 내가 어렸을 때 알툰세는 나와 마찬가지로 힘이 약했지. 우리는 서로 균형을 유지하는 방법을 익힐 기간이 충분했다. 그래도 내 몸이 막바지에 가서 어떻게 되었는지 너도 기억하겠지?

아리셸리스의 머리에 떠오른 라토의 모습은 둘의 아버지와 겹친다. 더 정확히 말하면 둘의 아버지는 라토보다 젊은 외모를 지니고 생을 마쳤다. 나는 하늘에서 그 모습도 지켜보았다. 어린 에메랄드 형제가 장례식에서 비를 맞으며 슬퍼하다가 서로를 위로하는 것을 보며 의문을 품었다.

저 영특하고 지혜로운 아이들이 자라서 대장장이 왕의 궁극적인 임무를 방해하는 적이 된단 말인가. 내가 또 미래의 실타래를 잘못 따라가 버린 것은 아닌가.

그러나 지금 형제는, 그중 하나의 몸은 내 아래에 있다. 그는 방금 대장장이 왕 에이어리를 그가 스스로 만든 커다란 장치 안에 가둔 참이다. 내가 우려하던 일이 현실이 되었다. 에이어리가 상대해야 하는 사람들은 오랫동안 믿고 신뢰하던 친구였다.

옛 시인이 한 말과 다르지 않다. 그대는 결국 그대가 사랑하는 것과 싸워야 할지니. 사랑이 그대의 숙적이 될 것이다.

우정은 사랑의 기본적인 형태 중 하나가 아닌가. 에이어리는 에메랄드 라토와 아리셀리스의 선의를 조금도 의심하지 않았다. 그가 조심스럽고 신중한 사람이었다면 마법사들이 자기 목적을 위해 비인간적인 선택을 할 수도 있다고 예측하고 대비책을 세워 두었겠지만 관계에 대한 신뢰는 판단력을 흐려 놓았다.

에메랄드 형제는 여전히 마음속에서 언쟁을 벌이고 있다.

서로 언성이 높아지고 말이 겹쳐서 더는 듣고 싶지 않다. 승자는 어차피 정해져 있다. 라토는 오랫동안 이 상황을 대비해 왔고 단호하지만 아리셀리스는 에이어리처럼 상황을 순진하게 생각했고 당황한 상태다.

- 이제 나를 알툰세와 함께 저 장치에 고정해 놓아야 한다. 그러면 대장장이 왕이 혹 결박을 벗어나더라도 그가 힘을 쓰는 순간 장치가 작동해서 알툰세가 폭발한다는 것을 아니 함부로 움직이지 못할 거다. 드디어 오랜 염원을 실행할 때가 왔다. 마법사 왕국을 우리 둘의 손으로 영원에 옮겨 두는 거다.

- 형을 저기에 매달아 놓으라고?

- 말한 그대로다.

- 그러면 다시 돌아올 수 있는 거야?

- 어디로 돌아간다는 말이냐?

아리셀리스는 머뭇거린다. 왠지 그 말을 꺼내는 것을 부끄러워한다.

- 내 몸.

- 아리셀리스, 네 몸은 너의 것이다. 나는 잠깐 여기에 머무는 거지 영원히 함께할 수는 없어. 너도 알고 있잖아? 작은 충격으로도 나는 여기서 분리될 거다.

- 하지만, 하지만 알툰세가 없다면? 형 하나만 유지해야 한

다면 내 힘으로 가능해.

 - 네 힘이야 그렇겠지. 그러나 세상의 모든 것은 시간이 지나면 스러진다. 내 정신도 마찬가지야. 너의 생명력 넘치는 영혼과 함께 있으면서 나는 점점 희미해질 거야.

이 말은 옳다. 자연의 모든 구성 요소는 스러진다. 나는 자연을 거스른 존재라서 오랜 세월 관찰자로 남을 수 있었다. 그것이 신의 저주를 확인하는 가장 확실한 증거였다.

 - 대장장이 왕에게 몸을 만들어 달라고 하면?

 - 우리가 저기에 가두어 놓은 사람을 말하는 거냐? 그는 폭발과 함께 사라질 거야.

 - 지금이라도 풀어 주면?

 - 그만해라. 대장장이 왕을 대체 뭐라고 생각하는 거냐? 그가 방심하지 않았으면 갇히는 것은 우리 쪽이 될 수도 있었다. 그는 우리의 상상을 초월하는 존재가 되었어. 우리가 예상하지 못했던 일이다.

에메랄드 라토는 오래전 아직 어린 에이어리가 가슴에 부상을 입고 열과 고통에 신음하는 모습을 보았다. 그는 아이의 몸에 마법의 기운 세 덩어리 중 하나를 넣었다. 신의 힘과 마법의 힘이 섞인 덩어리를 만들어 마법사들의 오랜 꿈을 이룰 작정이었다.

그러나 모든 접촉은 상대에게도 적용된다는 사실을 라토는 잊었다. 에이어리도 자기 몸에 있는 마법 덩어리를 통해 마법에 익숙해졌다. 대장장이 왕으로서는 처음 있는 일이었다.

신의 힘과 마법의 힘이 서로 다른 힘이 아니라면, 같은 힘이 다른 방식으로 발현되는 것이라면 에이어리는 신의 힘을 바꿔 마법의 힘으로 만들 수도 있었다. 실제로 에이어리는 그런 일을 해냈다. 마법사의 도움 없이 두 힘이 충돌하는 간이 장치를 만들고 루 도인을 대신할 실험체도 빚어냈다.

– 아리셀리스, 이제 우리에게는 다른 길이 없다. 너는 나와 알툰세를 저 장치에, 대장장이 왕 옆에 고정해 두어야 한다. 그리고 저 장치를 작동시킬 방법을 찾아라. 시간이 얼마 없어.

나는 여전히 아리셀리스의 육체 위에 떠 있다. 아리셀리스는 사람 좋은 미소를 지으며 하늘을 바라본다. 세상의 평온이 사람들 사이를 떠돌다가 깃들 곳을 찾지 못하고 그에게 내려앉은 듯한 모양이다. 마음의 고통과 분란은 겉으로 드러나지 않는다.

– 그게 유일한 방법이라고?

아리셀리스가 입을 열어 소리 내어 묻는다. 표정이 살짝 일그러지지만 평온함을 파괴할 정도는 아니다.

그렇다.

라토의 대답은 아리셀리스의 머릿속을 울린다. 귀가 있는 자에게는 들리지 않는다.

– 형을 저기에 묶어 두라고?

유일한 방법이다.

아리셀리스는 몸을 돌려 장치를 마주 보고 선다. 에이어리는 그 안에 갇혀 있기에 바깥에서는 모습이 보이지 않는다. 아리셀리스는 지금 형과 알툰세를 몸에 받아들인 것을 후회하고 있다. 이미 늦었다.

형과 알툰세를 받아들인다는 것은 100년이 넘는 선조들의 노력과 마법사 왕국의 모든 국민의 운명을 받아들인 것과 같다. 한 사람이 어찌 그것을 거부할 수 있겠는가? 여기서 형을 추방하고 알툰세를 버린다는 말인가? 그것이 개인에게 과연 허용된 일일까?

나는 덧붙일 말이 없다. 적에게도 때로는 숭고한 순간이 있는 법이다.

– 라토, 나의 형.

아리셀리스.

– 형은 나의 우상이었어. 질투하고 닮고 싶었던.

우리는 닮았다. 아니, 거의 같아. 네가 나에게서 보았던 모습은 너에게도 있다.

―고마워.

고맙다.

―안녕. 만약 사람이 죽어서 가는 곳이 있다면 그곳에서 만나.

내가 먼저 가 있으마.

아리셀리스는 아주 어린 시절을 제외하고는 형 앞에서 운 기억이 없다. 라토도 마찬가지다. 둘은 서로를 사랑하고 거리를 두며 그리워했다. 상대에게 비웃음을 사게 될까 봐 약한 모습을 보이지 않았다.

그러나 이제 서로의 마음을 다 공개한 다음에는 더 부끄러움이 없다. 여전히 평온함이 남은 아리셀리스의 얼굴 양쪽에서 눈물이 흘러내린다. 내가 자리를 잘못 잡은 탓인지 나에게는 그의 눈에서 반사된 빛이 터져 나오는 것처럼 눈부시다.

아리셀리스는 양손에 힘을 모으기 시작한다. 그의 몸에 든 세 덩어리와 그것들을 부드럽게 감싸고 있는 영혼이 격렬하게 흔들린다. 결합보다 분리가 더 어려운 것은 자명하다. 아리셀리스는 에이어리에게서 알을 떼어 낼 때와 마찬가지로 신중하다.

마침내 알툰세가 아리셀리스의 가슴에서 머리를 내민다. 하늘에 보이는 태양보다 조금 더 붉은 이 덩어리는 태양의 한 부분을 잘라서 동그랗게 빚은 다음 지상으로 끌어 내린 모습과 비슷하다. 그러나 덩어리는 하나가 아니다. 이어서 툰과 세가 알을 따라 위대한 마법사의 몸을 서서히 빠져나온다.

내가 아리셸리스를 위대한 마법사라고 말했던가? 그렇다. 그는 위대한 마법사다. 그가 저지르려는 죄악을 감안해도 그 사실 자체를 부정할 수는 없다.

아리셸리스는 여전히 신중하게 손을 움직인다. 그사이에 태양은 서서히 마법사 왕국을 감싼 산맥 너머로 내려간다. 그러나 이번에는 그의 퇴장이 예전과 같은 영향을 미치지 못한다. 알툰세의 밝은 빛이 너른 땅을 환하게 밝힌다.

망막이 없는 나, 관찰자는 아무렇지 않게 그것을 볼 수 있다. 아리셸리스는 아예 눈을 질끈 감고 마법으로 자기의 얼굴을 보호해 두었다. 그는 시각이 사라져도 전혀 불편해하지 않고 주어진 일을 계속한다.

알툰세는 세상에 처음 머리를 내미는 아기처럼 조금씩 조금씩 형체를 드러낸다. 알툰세는 세상에 자기 힘을 떨치고 싶어 한다. 세상과 반응하고 싶어 한다.

아리셸리스는 팔을 부들부들 떨며 그들이 뛰쳐나가지 못하게 막는다. 알툰세를 감싸고 있는 라토도 셋을 진정시키려고 안간힘을 쓴다. 그 노력은 아리셸리스에게 보이지도 들리지도 않지만 그는 감각이 없어도 느낄 수 있다.

 마법 덩어리들이 몸에서 완전히 빠져나오자 아리셀리스는 자기 몸이 지면에서 떨어져 떠오르는 것 같은 가벼움을 느낀다. 자기도 모르게 종아리에 힘을 주지만 이내 착각인 것을 깨닫고 근육을 이완한다. 그는 서로 단단히 껴안아 꼭짓점이 둥근 정삼각형 모양을 하고 있는 알툰세를 본다.

 세 원이 만나면서 생기는 가운데의 틈은 그들과 성분이 조금 다른 것 같은 미지의 물질로 채워져 있다. 마치 가운데서 셋이 달아나지 않도록 꽉 붙잡고 있는 것 같다. 아리셀리스는 그 물질이 형이거나 형이 만들어 낸 것임을 짐작한다.

 작별의 시간은 길지 않다. 아리셀리스는 그들을 오래 붙잡을 힘이 없다. 그는 아까 형이 자기의 육체를 이용해 대장장이 왕을 던질 때 그랬던 것처럼 과격한 방식이 아니라 직접 두 손으로 알툰세를 받쳐 들고 장치에 다가서는 쪽을 택한다.

 모래가 부서지며 저벅거리는 소리가 사방에 울린다. 아리셀리스에게는 숫자를 세는 속삭임처럼 들린다. 그는 동요하지 않고 장치에 다가선 다음 눈짓으로 문을 활짝 연다.

 대장장이 왕이 갇힌 중앙 공간은 완전한 어둠에 싸여 아무것도 보이지 않는다. 아리셀리스는 손을 뻗어 거기에 알과 툰과 세와 한때 마법사 왕국을 다스렸던 에메랄드 라토의 영혼을 더한다.

  마치 라토가 이끄는 것처럼 알과 툰과 세는 공중을 부유하다가 어둠의 중심에 살포시 내려앉는다. 순간 빛이 어둠을 이길 듯하다. 그러나 금방 다시 심연에 세 덩어리가 삼켜지는 바람에 아리셀리스는 에이어리의 모습을 확인하겠다는 작은 소망을 거둔다.

스탐노스가 말했다.

관찰자는 본질적으로 고독하다.

그는 체험해서는 안 된다.

체험해서 그들이 우리가 되는 순간

관찰자의 자격을 잃는 것이다.

나는 이러한 운명을 슬퍼하는 동시에 자족한다.

XII

하나가 도망친 마법사 왕국에
둘이 새로 들어와 결말을 예비한다

데스커드는 다급한 일이 있는 것처럼 말을 재촉했다. 그와 맞닿은 생명체가 숨을 거칠게 몰아쉬는 것을 알고 안쓰러운 마음이 들어도 속도를 늦추지 않았다. 실은 그도 직접 팔다리를 놀려 달리는 것처럼 숨이 차올랐다. 그를 감싸고 있는 감정은 익숙하지 않았다.

익숙하지 않아서 젊은 경호원은 더 두려웠다. 그는 공포에 쫓기고 있었다. 아무도 없는 것을 알면서도 자꾸 뒤를 돌아보았다. 추격자는 눈에 보이지 않았다.

에이어리가 만든 장치, 마법사들을 구원할 둥근 덩어리, 하늘에 뜬 태양과 달의 모사품은 이제 데스커드의 엄지 첫 마디로도 가릴 수 있을 만큼 멀어졌다.

데스커드는 본래 에이어리처럼 성격이 예민하지는 않았다. 게다가 가르젠과 탈와르의 훈련은 그가 어떤 상황에도 당황하지 않고 평정심을 유지하는 것에 초점이 맞추어져 있었다.

그의 역할이 대장장이 왕의 경호원이었기에 반드시 필요한 자질이었다.

탈와르는 달이 뜰 때까지 데스커드를 훈련해 바닥에 착 달라붙게 만들어 놓고 숙소에 돌아가며 가르젠에게 이렇게 말하곤 했다.

- 저 녀석은 참으로 대범하지만 거기서 나오는 덤벙거림은 끝내 어쩔 수가 없을 거요.

- 그건 젊음이라고 부르는 거요, 탈와르. 우리에게서 사라진 덕목이지.

- 나는 젊은 시절에도 신중했소. 신중한 탈와르가 내 별명이었지. 그대는 방랑자 가르젠이었고.

- 신중한 탈와르? 스스로 그렇게 부르는 것은 별명이 아니지.

데스커드는 딱딱한 땅바닥과 서늘한 땀과 가슴을 들썩이게 하는 박동을 느끼며 둘의 농담 섞인 대화에 귀를 기울였다. 그때도 거친 바람이 데스커드의 코와 입으로 들이쳤다가 다시 내몰렸다. 그것은 몸이 힘들어도 즐거움으로 가득 찬 기억이었다.

지금은 달랐다. 숨 쉬는 행위가 고통을 주었다. 머리가 터질 것처럼 팽창하는 기분이었다. 데스커드는 익숙하지 않은 감정의 정체를 생각할 여유도 없이 말과 자신을 혹사하며 도망칠 뿐이었다.

에이어리가 그의 곁에 있었다면 말해 주었을 것이다.

– 데스커드, 그건 공포라고 하는 거야. 너는 지금 겁에 질려 있어. 그러면 아무도 너를 쫓지 않는데 혼자 쫓기는 기분이 들게 돼. 너 스스로 파멸의 길에 들어서는 거야.

그러나 에이어리는 태초의 어둠에 갇혀 홀로 맞서 싸우는 중이었다. 공포는 그에게도 찾아왔다. 그는 데스커드를 떠올리고 그가 자신을 구하지 못하는 것보다 더 끔찍한 가능성을 떠올렸다.

그 녀석이 나를 구하겠다고 자기 생명을 버려서는 안 되는데. 가망이 없으면 차라리 도망쳐야 할 텐데.

데스커드는 강한 전사였지만 라토와 아리셀리스를 상대로는 승산이 별로 없었다. 인간이 자연 현상을 이기지 못하는 것과 마찬가지였다. 신의 힘과 마법의 힘, 인간의 범주를 벗어난 힘 앞에서는 특출나게 뛰어난 전사인 데스커드도 무력했다.

인간의 힘은 그 힘을 넘어선 적이 단 한 번도 없었다. 그들의 힘은 제아무리 자랑해도 우리 속에 갇힌 힘이었다. 규칙을 만들고 적용할 능력이 없는 힘은 근본적인 힘 앞에서 무력했다.

―데스커드, 도망쳐야 해.

 이 말을 들을 수 있었던 것은 에이어리를 둘러싸고 있는 라토와 알툰세뿐이었다. 그들은 대답할 의사가 없었다. 이제 대장장이 왕의 몸과 함께 폭발하는 것만이 세상에 영향을 끼칠 수 있는 유일한 목적이었다.

 에이어리는 데스커드의 이름을 연거푸 외치다가 잠든 것처럼 조용해졌다.

 형을 가둔 장치에서 도망치듯 벗어난 아리셀리스는 그 말을 듣지 못했다. 그는 오랜만에 자유를 느끼고 있었지만 조금도 자유롭지 않았다. 가벼워진 몸은 홀가분하다기보다는 속이 텅 빈 것처럼 허무하게 느껴졌고 벌거벗은 사람처럼 부끄러웠다. 힘은 그대로 있건만 충족감이 느껴지지 않고 쓸모를 찾을 수 없었다.

―나를 헛되게 죽게 해서는 안 된다.

 라토가 머릿속에서 그렇게 말하는 것 같았다. 어쩌면 라토가 장치로 옮겨가기 전 의식 일부를 남겨 두고 갔을지도 몰랐다. 그렇다면 동생에게는 말로 표현할 수 없는 위안이었다.

―그래, 형을 헛되게 죽게 할 수는 없지.

 아리셀리스는 머리를 어지럽히는 온갖 의문과 복잡한 생각을 한 공간에 가두어 두었다. 언젠가는 풀어 주어야 할 테지만 최소한 형이 남긴 유지를 완수할 때까지는 아니었다. 먼저 장치를 작동시켜 마법사들을 구해야 했다.

장치를 작동할 때 방해가 되는 사람은 누구일까? 당장 떠오르는 사람은 하나밖에 없었다. 대장장이 왕의 경호원 데스커드. 아리셀리스는 얼른 마법의 바람을 모아 투명한 새 한 마리를 만든 다음 궁전 쪽으로 날려 보냈다.

이 새는 공포에 질린 데스커드와 말을 지나 먼저 앞으로 나섰다. 평소라면 데스커드가 예리한 감각을 발동해 수상한 낌새를 느꼈겠지만 지금은 시야가 좁아질 대로 좁아져 있었다. 비유적인 표현이 아니라 실제로 주위에 검은 천을 쳐 둔 것 같았다.

투명한 새는 하늘을 한 바퀴 돌더니 쏜살같이 낙하해서 다이아몬드 울릭의 머리를 때렸다. 간식을 먹고 꾸벅꾸벅 졸고 있던 울릭은 버럭 소리를 질렀다.

- 누구냐?

아리셀리스가 보낸 새는 쿡쿡 웃는 것처럼 몸을 비틀어 대더니 모습을 바꾸어 마법사들의 편지, 촛불이라고 불리는 물건이 되었다. 울릭은 퍼뜩 정신을 차리고 그 내용을 읽었다. 그리고 부하를 불러 출동 준비를 시켰다.

- 무슨 일입니까?

─반역자를 잡으러 간다.

부하가 헐레벌떡 나가자마자 아리셀리스가 보낸 명령서는 그 이름의 유래에 걸맞게 공중에서 불타올랐다. 울릭은 곁에 세워 둔 창을 들고 일어섰다.

시간이 얼마 지난 후 한 몸처럼 지쳐서 터덜터덜 앞으로 향하는 데스커드와 말의 앞길을 다이아몬드 울릭과 십여 명의 정예군이 막았다. 데스커드는 그들을 잘 알고 있었다. 라토와 아리셀리스를 상대하며 부상까지 입혔던 전사들이었다.

─마침, 마침 잘 만났습니다.

그들의 눈초리가 날카로웠으나 데스커드는 자기 착각이라고 생각했다. 그는 스스로 공포에 사로잡힌 것을 알았다. 그런 상황에서는 누구를 보아도 적대적인 반응이 나온다고 오해할 수 있었다.

─저는 루비 여왕님을 만나야 합니다. 라토와 아리셀리스님도요. 그분들께 전할 말이 있습니다. 대장장이 왕의 전언입니다.

울릭과 부하들이 미동도 하지 않자 데스커드는 더 조급해졌다.

─긴급한 일입니다.

─데스커드, 성은 따로 없는 것으로 알고 있소.

─그렇습니다. 저는 당신과 같은 귀족이 아니니까요.

데스커드는 퉁명스러운 상대가 대체 무슨 말을 지껄이려는 건지 알 수 없었다.

─데스커드.

울릭은 절차를 지키기 위해 그의 이름을 다시 한번 불렀다. 그리고 이어서 말했다.

─그대를 반역죄로 체포하오.

─뭐라고요?

─들은 그대로지. 제대로 들었다는 걸 알고 있소.

─누구에 대한 반역입니까?

─물론 루비 여왕님에 대한 반역이오.

─그분은 제가 모시는 분이 아닙니다. 그러니까 저는 그분에게 반역을 저지를 수 없습니다. 저는 오직 대장장이 왕을 섬깁니다. 그리고 그분의 명령에 따라 당신들의 루비 여왕을 만나러 왔습니다.

데스커드의 대답이 정연해서 울릭은 잠시 당황했다.

─저를 공격하는 것은 저를 보내신 대장장이 왕을 공격하는 것과 마찬가지입니다. 당신은 섬기는 분께 허락을 받고 이 일을 실행하는 겁니까?

데스커드의 항변은 마치 대장장이 왕이 옆에서 들려주는

말을 그대로 전하는 것과 같았다. 그는 오랜 기간 대장장이 왕의 곁을 지키면서 그가 어떻게 생각하고 말하는지 유추할 수 있는 능력을 얻었다.

울릭은 당황했다. 명령은 아리셀리스에게서 직접 전해졌다. 그러나 그의 진정한 주군은 루비 카르멘, 그가 사랑하는 사람이었다. 한때는 정략결혼의 상대로 생각했으나 지금은 그 마음이 더욱 그윽해져 있었다.

- 그렇다면 여왕께 인가를 얻어서 오겠습니다. 여기서 잠시 기다리십시오.

데스커드는 자기의 보고도 어차피 여왕에게 하는 것이니 함께 가겠다고 말하려다가 꺼림칙한 기분이 들어 입을 다물고 동의했다. 가르젠은 이런 느낌을 통해 숱한 사지를 벗어난 사람이었다. 데스커드는 그의 가르침이 자기에게 제대로 전해졌기를 간절히 기원했다. 그러나 초조함을 숨기고 평온을 가장해야 했다.

울릭이 떠나 있는 동안 부하들은 긴장을 느슨하게 해 두었다. 그럴 수밖에 없었다. 사람의 긴장이란 막대한 에너지를 소모하는 일이라 짧은 시간 유지하는 것이 고작이었다.

그들은 데스커드가 외모와 다르게 대단한 전사라는 풍문을 이미 여러 번 들어 알고 있었다. 그래도 겉보기에는 여전히 상대를 방심하게 만드는 부분이 있었다. 덕분에 긴장을 풀 수 있었다.

만약 그들이 데스커드가 지금 침착함을 잃고 공포에 사로잡혔다는 사실을 알았다면 상황이 달라질 수 있었다. 쫓기는 짐승처럼 흉포하고 위험한 짐승도 없다. 제국에는 쫓기면 토끼도 카니세리움이 된다는 속담도 있지 않던가.

데스커드가 지닌 무기는 작은 단검 하나뿐이었다. 주인이 원하면 순식간에 손가락이 감길 수 있는 위치에서 기다리는 중이었다. 데스커드는 무료한 듯이 자꾸 손가락을 움직였는데 칼을 뽑기 위한 준비 운동이나 마찬가지였다.

루비 여왕은 갑자기 찾아온 울릭의 보고를 듣고 당황했다.

ㅡ아리셀리스가 데스커드를 체포하라는 명령을 내렸다고? 필요하면 죽여도 괜찮다고?

루비 카르멘은 이제 다이아몬드 울릭을 하대했다. 둘의 관계가 그렇게 바뀌어 있었다.

ㅡ그렇습니다.

ㅡ그 내용은.

ㅡ촛불이라 이미 타서 사라졌습니다.

여왕은 잠시 다이아몬드 울릭이 반역을 위해 핑계를 대는 것이 아닌지 의심하다가 얼른 그 생각을 거두었다. 그는 혼자서 그런 일을 벌일 인물이 아니었다. 본인도 알고 여왕인 그녀도 알고 라토와 아리셀리스도 알았다. 그의 어머니가 시켰다면 가능하겠지만 아직 발견되었다는 보고가 없었다.

― 라토가 아니라 아리셀리스의 이름으로 촛불이 전해졌다고 했지? 아리셀리스는 쓸데없는 짓을 하는 사람이 아니지.

카르멘의 말은 눈앞의 울릭뿐 아니라 스스로를 설득하려는 것처럼 들렸다. 울릭은 여왕이 비교적 쉽게 받아들이는 모습을 보고 질투를 느꼈다.

― 그렇다면 일단 그를 구금해 놓고 아리셀리스의 설명을 기다려야겠어. 대신 그를 다치게 하거나 죽여서는 안 돼.

― 그는 대장장이 왕의 경호원입니다.

울릭의 말에 숨은 의미를 여왕은 단숨에 알아차렸다.

― 치명상은 안 된다는 뜻이야.

― 알겠습니다.

울릭은 루비 여왕에게서 물러나자마자 번개같이 궁성을 빠져나온 다음 가까이 서 있는 탑 꼭대기로 날 듯이 올라갔다. 아리셀리스처럼 높이 나는 능력이야 없다지만 그도 명색이 마법사 왕국의 장군이니 그 정도는 어렵지 않았다.

울릭이 보내는 신호를 먼저 낚아챈 것은 그 부하들이 아니라 데스커드였다. 데스커드는 해석할 줄 몰랐지만 좋은 신호가 아님을 알고 움직였다. 가르젠에 뒤지지 않는 신속한 반응이었다.

울릭의 병사들은 데스커드를 죽이라는 메시지를 받았다. 여왕에게 변명하기는 어렵지 않았다. 그가 격렬하게 반항하는 바람에 다른 수가 없었습니다.

울릭의 부하들이 탑으로 시선을 돌리고 반짝이는 불빛의 의미를 해석하느라 귀중한 시간을 보내는 동안 데스커드는 충분히 휴식을 취한 말을 다독이고 다시 올라탄 다음 자기가 출발했던 곳으로 달리기 시작했다.

- 도망친다.

이 말이 터져 나왔을 때 데스커드는 이미 그들보다 열 마신 이상 앞서 있었다. 마법사들은 말을 직접 타는 일을 별로 좋아하지 않았기에 아무것도 타지 않고 데스커드를 마중 나온 참이었다. 그들은 뒤늦게 마법 화살이나 창 따위를 몇 개 날려보았지만 맹렬하게 달리며 멀어지는 말을 맞히기란 불가능했다. 특히 그 위에 올라탄 사람이 데스커드여서 조준할 틈이 도무지 나오지 않았다.

뒤늦게 말을 타고 달려온 울릭은 매우 실망스러운 보고를 받았다.

- 괜찮다. 우리가 처리할 문제가 아니다.

그는 부하들을 위로하고 따로 추격하지 않았다. 나중에 아리셀리스가 추궁하면 거꾸로 따질 생각이었다.

- 그런 명령까지는 내리신 적이 없지 않습니까?

게다가 아리셀리스는 그의 상관이 아니었다. 그는 루비 여왕의 장군이었지, 아리셀리스의 부하는 아니었다. 그의 몸속에 깃든 라토도 더 이상 그의 왕이 아니었다. 충성의 대상은 하나로 족했다.

추격이 없는 것을 확인하고 나서도 데스커드는 긴장을 늦추지 않았다. 머릿속은 뒤죽박죽이었다. 어째서 마법사들이 나를 공격하는 거지? 대장장이 왕은 어떻게 되신 거야?

그가 장치를 향해 달리는 동안 하늘에서 그와 반대 방향으로 날아가는 사람이 있었다. 데스커드는 하늘을 볼 여유가 없었지만 하늘을 나는 사람은 땅을 내려다볼 수 있었다. 아리셀리스는 땅에서 달리는 사람이 데스커드라는 것을 알았다.

아리셀리스는 장치 옆에서 차분히 결과를 기다리지 못하고 궁전으로 돌아가는 중이었다. 그는 다이아몬드 울릭이 데스커드를 잡을 수 있을지 생각하다가 금세 회의가 생겼다. 역시 그가 직접 처리해야 할 일이었다.

아리셀리스의 비행은 엄밀히 말하면 아주 긴 점프에 가까웠다. 한번 방향을 정한 다음에는 마음대로 돌이킬 수 없었다.

그는 데스커드가 자신과 멀어지는 것을 하늘에서 쓸쓸하게 지켜보아야 했다. 억지로 멈추고 추락하는 방법도 있었지만 몸에 큰 무리가 가는 일이라 내키지 않았다.

그깟 경호원 하나가 뭘 어쩌겠는가? 복잡한 장치 속에 갇힌 에이어리는 라토의 영혼과 알툰세에 둘러싸여 있었다. 데스커드의 힘으로는 그것들을 뚫을 수 없었다.

- 누구도 이제 와서 흐름을 돌릴 수는 없어. 그렇지, 형?

대답은 없었다. 아리셀리스는 너무 오랜 기간 형제와 한 몸에 거주한 나머지 혼자라는 사실을 다시 받아들이는 데 시간이 필요했다. 형이 남긴 과업이 끝나기만 하면 그럴 시간은 충분했다. 아주 충분했다.

저 멀리 쿠오피오 안쪽에 자리 잡은 마법사 왕국의 입구에는 입국 심사를 기다리는 사람들이 줄지어 서 있었다. 그중 한 나그네는 다른 사람들을 구경하는 대신 북쪽 하늘을 보았다. 거기에는 항상 여행자들을 인도하는 길잡이 별 데네브가 떠 있었다.

그는 해가 지기 전에 도착한 참이었으나 심사가 지연되는 바람에 해가 질 때까지 마냥 기다려야 했다. 문을 지키는 병사들이 태만한 것이 원인이었다. 기다리다 보니 해는 사라지고 하늘에 검은 장막을 씌운 다음 별들을 뿌려 놓았다. 그 광경이 아름다워 답답한 심경이 조금은 누그러졌다.

-데네브.

나그네는 혼잣말하며 별이 아닌 사람을 떠올렸다.

그의 뒤에 선 젊은 여자가 흠칫 놀라 그를 뚫어지게 쳐다보았지만, 하늘에 시선을 고정한 사람은 땅의 일을 놓치게 되어 있었다.

남은 사람은 이제 나그네와 뒤의 여자뿐이었다. 통과하지 못한 사람들은 문을 오른쪽으로 돌면 나오는 작은 천막으로 진작 보내졌다. 쿠오피오의 안개를 밤에 통과하는 것은 다음 날 아침을 맞이하기 싫다고 맹세하는 것이나 다름없었다. 저 사특한 안개는 길 잃은 사람을 어렵지 않게 유혹해서 늪으로 처넣었다.

병사는 나그네의 행색을 보고 깔보듯이 물었다.

-어디서 왔나?

그는 얼른 일을 마치고 싶다는 욕망을 숨기려고 하지 않았다.

-제국입니다.

-무슨 일로?

-아는 사람을 만나러 왔습니다.

-누구?

나그네는 머뭇거리다가 이름을 댔다.

― 아녜시, 아녜시입니다.

― 아녜시가 누구야?

옆에서 구경하던 병사가 입을 막으며 속삭였다.

― 그분이야. 위대한 조언자.

불량하게 묻던 병사가 갑자기 몸을 꿈틀했다.

― 아녜시 님과 아는 사이십니까?

― 직접 알지는 못하고 중간에 친구가 하나 있습니다.

― 아녜시 님이 당신을 기다리고 있습니까?

― 어쩌면요.

대답이 시원찮았다. 평소대로라면 천막에서 하룻밤 보내고 왔던 길로 돌아가라는 말이 나왔겠지만 아녜시가 기다릴지도 모른다는 말이 병사의 마음에 켕겼다.

― 마법사가 아닌 사람은 해가 지고 여길 통과할 수 없소. 그러니까 저기 천막에서 자고 나오면 내일 통과시켜 주겠소.

병사는 명판결을 내린 판사처럼 뿌듯해했다. 뒤에 서 있던 마법사가 그 모습이 아니꼽다는 듯이 끼어들었다.

― 잠깐만요, 그는 내 동행이기도 해요. 그러니 통과할 자격이 있어요.

붉은 케이프가 잘 어울리는 여자 마법사였다. 그녀는 놀란

나그네와 병사들을 보고 미소를 지어 주었다.

- 루비, 루비시군요.

병사가 떨리는 목소리로 물었다. 그녀에게서는 아름다움과 젊음의 기운과 위엄이 한꺼번에 지나치게 묻어 나왔다. 상대를 설득하다 못해 짓누르는 힘이었다.

- 그래요. 보면 알겠지만요.

- 그리고 이분은?

- 내 손님이에요. 자세한 건 묻지 말아요.

병사는 둘을 마지막으로 통과시키고 입구 문을 닫으라고 신호를 보냈다. 아직도 얼떨떨한 표정이었다.

- 왜 저를 통과시켜 주셨습니까? 우리는 서로 모르는 사이일 텐데요?

나그네가 물었다. 루비 가문의 마법사는 깔깔거리며 웃었다.

- 아니요. 저는 그대를 잘 알아요. 오카브. 대장장이 왕이었죠.

나그네는 당황해서 대답할 말을 찾지 못했다.

- 여기에 평화를 위해 오시지는 않았겠죠, 오카브? 평화로운 세상에서는 대장장이 왕이 마법사 왕국에 방문할 일 같은 건 없으니까요. 무엇이 목적인지 몰라도 이 나라를 마음껏 휘

저어 주세요. 그건 제 기쁨이기도 해요.

ㅡ어째서 그렇습니까?

ㅡ이 나라가 혼란스러울수록 제가 활동하기 편해요. 저는 여기 복수하려고 왔거든요.

마법사는 그 말을 끝으로 오카브를 두고 홀연히 사라졌다. 오카브는 귀신을 본 사람처럼 막연히 서 있었다.

- 아드님이에요.

위대한 왕이 되실 분이 태어나셨어요.

이름을 뭐라고 지으시겠어요?

데네브는 초췌한 얼굴로 간신히 미소를 지었다.

- 그 아이의 아버지가 돌아와서 정해 줄 거예요.

여왕은 산파의 얼굴에 어린

근심을 보고 얼른 덧붙였다.

- 곧 올 거예요.

XIII

오랜 인연의 복수자가 협박과 설득으로 전사의 굳건한 마음을 움직인다

―나는 복수할 생각이네.

때로 어떤 말은 담담한 어조를 통해서 나오면 더 끔찍하게 들리기도 했다. 복수라는 단어도 그랬다.

―복수 말입니까?

―그래.

―누구에게 복수하신다는 말씀입니까?

―두 황제지. 둘 중 하나는 처리했고 하나가 남았어.

―저는 이해가 가지 않습니다. 당신은 평생 그들을 마음대로 조종하셨습니다. 그들은 당신에게 해를 끼치지도 못했습니다. 그런데 무엇을 복수하신다는 말입니까?

―그들은 나를 배신했어.

―배신이요?

―그래, 오셀롯은 권력 다툼에서 패했어. 그는 자기 힘의 한계를 시인하지 않고 나를 이용해서 팔라스 황제를 죽이려고

했지.

- 당신이 직접 팔라스 황제를 죽이신 것이 아닙니까?

- 맞아, 그도 나를 배신했으니까.

- 어떻게요?

- 나는 그자가 황제가 되기에 충분하다고 믿었네. 그래서 오셀롯을 편들지 않았던 거야. 그런데 그자는 나에게 오셀롯을 죽여 달라고 했어. 그건 신뢰에 대한 심각한 배신이지.

설명을 듣고 나서도 슈타이어는 납득할 수 없는 부분이 있었다.

- 정말 그뿐입니까?

- 또 무엇이 있겠나?

- 당신의 피부를 보고 말하는 겁니다.

- 아, 꽁꽁 싸매도 그대에게서는 숨길 수 없군.

복수를 원하는 사람은 두건을 벗고 외투를 활짝 열어젖혔다. 반투명한 피부를 가로지르는 검은 핏줄을 보고도 슈타이어는 놀라지 않았다.

- 루 도인이셨군요.

- 그래.

한때 까마귀들의 수장이었던 작은 순순히 인정했다.

- 그걸로 이상하게 여겼던 많은 것들이 설명됩니다.

- 그대는 생각보다 놀라지 않는군?

슈타이어는 잠깐 고민하더니 말해도 문제가 없으리라는 결론을 내렸다.

- 제 부하 중에도 루 도인이 있습니다. 그래서 루 도인에 대해 잘 알게 되었지요.

- 흠, 그래?

- 그들에게는 관심을 두지 마십시오. 그나저나 지금까지 어떻게 숨기신 겁니까? 매일 화장으로 감추신 겁니까?

- 나는 칼로 상대를 찌르고 베는 일이나 협박으로 마음을 돌리는 일에는 아주 세밀하다네. 하지만 화장은 서툴지. 그보다 간편한 방법이 있었네. 젊은 시절에 만난 기인이 내게 정체를 감추는 약을 주었지.

슈타이어가 까마귀 발톱 제1소대장으로 작을 모시면서 그에 대해 알 수 있었던 것보다 이날 대화로 얻은 정보가 더 많았다. 작은 자신을 훤히 드러내고 있었다. 슈타이어가 좋은 징조라고 생각할 수 없는 일이었다. 작은 항상 말했었다.

- 정보에는 공짜가 없네. 앎을 위해서는 언제나 가장 비싼 대가를 내야 하는 법이지.

- 팔라스 황제를 죽이기 위해 잠깐 약을 끊은 적이 있기는 했어. 그리고 약이 얼마 남지 않아서 다시 그 기이한 마법사를

방문했네. 지금 생각하면 처음부터 마법사는 아니었던 것 같기도 하군.

작은 가볍게 기침했다. 슈타이어는 반응하지 않았다.

―그가 재료를 주면 나도 약을 만들 수 있기는 하지만 그 재료라는 것은 그를 제외하면 이 세상 누구도 구할 수 없었거든. 그런데 그의 오두막 근처로 가서 아무리 돌아다녀도 찾을 수 없었어. 오두막이 사라진 것이 아니라 내가 오두막이 있는 땅을 밟을 수가 없었네. 이제 남은 약은 한 달 치도 되지 않는데.

―마치 옛날이야기 같군요.

슈타이어는 무심코 예전에 어린 자녀들이 잠들기 전 이야기를 들려주던 시절을 생각했다. 당시에는 고역이었으나 생각해 보면 그것이야말로 그가 누릴 수 있는 행복의 최대치였다. 작은 슈타이어의 생각을 읽어 낸 사람처럼 낄낄거렸다.

―슈타이어, 그대는 옛날처럼 나를 어려워하지 않는군.

―그러기에는 시간이 너무 많이 지났습니다, 작.

―알아, 알아. 자네를 탓하는 게 아니야. 다만 나는 그대를 언제나 정중하게 대했어. 그건 기억할 거야.

―그렇습니다.

―그대가 죽지 않고 스타인에 있다는 것을 알았지만 내버려 두었어. 내가 그랬듯이 누구나 새로운 삶을 살 권리가 있으

니까 말이야. 그건 인생에서 가장 중요한 일이야. 기회를 주는 것 말이지.

작은 슈타이어의 반응을 살피며 말을 이어 나갔다.

-그때 나에게 돌아왔더라면 죄를 용서해 주었을 거야, 슈타이어. 그때 돌아왔어도 괜찮았어.

-아닙니다. 용서해 주시지 않았을 겁니다.

-으하하하, 사실은 그대 말이 맞아. 여전히 무섭게 영리한 친구군. 그렇지만 나는 그대를 배려했네. 그대의 가족을 건드리지 않고 연금을 지급해 주었어.

슈타이어는 그 이야기가 나올 것을 예상하고 있었다. 작이 쥐고 있는 그의 가장 큰 약점이었다.

-몇 년 전에 그 사람이 새로운 짝을 찾을 때까지 말이야.

슈타이어는 반응하지 않았다.

-알고 있었나?

-그렇습니다.

-참으로 비극적인 일이 아닌가?

슈타이어는 작의 화려한 수사가 모두 거짓임을 알았다. 그에게는 비극이라는 말이 따로 없었다. 그 말을 진심으로 믿었다면 수많은 사람의 목숨을 끊으며 비극을 창조하는 일은 하지 않았을 것이다. 세상 사람 모두에게 그러하듯이 작에게도 다른 삶을 살 수 있는 선택이 있었다.

―과거의 인연이었을 뿐입니다.

작은 슈타이어의 얼굴을 스치는 회한을 놓치지 않았다. 슈타이어는 까마귀 발톱의 제1소대장이 되기에는 너무 다정했다. 모름지기 까마귀라면 자기 영달을 위해 가족도 자기 손으로 해칠 수 있어야 했다. 애초에 인간은 모두 혼자가 아니던가.

―그러나 그대가 과거의 아내와 아이들을 아낀다는 사실을 알고 있네. 나는 오랫동안 그들을 보호해 주었어. 그 은혜를 갚지 않겠나?

슈타이어는 선불리 대답하지 않았다. 작을 상대로 그렇게 해서는 안 된다는 것을 알았다.

―무슨 말씀입니까?

―뭐가?

―은혜를 갚으라는 말이 무슨 뜻입니까?

―내가 마지막으로 해야 할 일이 있네. 도움이 필요해. 그걸 끝내면 그대가 날 찾고 싶어도 더는 찾지 못할 거야.

―그 일이 무엇입니까?

슈타이어는 불필요한 고뇌를 끝내고 싶어서 물었다. 어차피 작은 한번 문 대상을 놓치지 않을 것이다. 특히 약점이 있으면 거절할 수 없다는 것을 아는 이상 먼저 물러서지 않을 것이다.

그러나 작은 최소한 구질구질하지는 않았다. 그가 단 한 번만 도와달라고 말한다면 정말 한 번이었다. 그렇다면 도와주고 잊는 편이 간단한 일이었다. 이제 다섯으로 늘어난 슈타이어의 용사들을 이끌고 플리니 대공을 도와 다시 전쟁터에 나가게 된 상황에서는 지체할 시간이 없었다.

- 그대도 알겠지만 나는 팔라스 황제를 죽였네.
- 알고 있습니다.
- 그러면 내가 오셀롯에게도 최후를 안겨 주는 것이 공평하지 않겠나?
- 그렇게 생각하시겠지요. 다만 어째서 혼자 하지 않으십니까? 아니면 다른 까마귀들을 쓰셔도 될 텐데요.
- 오셀롯을 죽이는 일은 은밀해야 해. 대낮에 죽이기에 그 인간은 조심성이 너무 많아. 그리고 수가 있지.
- 수요?
- 내가 여차하면 오셀롯을 죽이려고 붙여 놓은 루 도인 호위야. 그 아이가 배신하는 바람에 모든 일을 그르치게 되었지.
- 루 도인이라면 실력이 빼어나겠군요.

슈타이어는 자기의 휘하로 들어오게 된 두 루 도인, 모와 알로말을 떠올렸다. 알로말은 겉보기에 루 도인처럼 보이지 않았지만 자기가 먼저 나서서 정체를 밝혔다.

— 수는 아주 빼어나지. 그대가 데리고 있는 무, 알로말에 필적하는 솜씨야.

— 역시 알고 계셨군요.

— 나는 모르는 것이 없네. 아무튼 나는 그대를 하룻밤만 빌리려는 거야. 어차피 그대는 에젠으로 진군해야 하는 처지가 아닌가? 밤새 오셀롯을 죽이고 돌아온다고 해서 책망받기는커녕 영웅이 될 거야.

— 저에게 선택이 있는 것처럼 말씀하시는군요.

— 있지, 있어. 지금 여기를 찔러 나를 죽이면 자유롭게 되지. 어차피 난 수배자니까. 자 찔러 보게.

작이 갈비뼈가 튀어나올 정도로 앙상한 배를 쑥 내밀었다. 그 모습이 필경 우스꽝스러워야 마땅하지만 슈타이어는 오히려 기괴함을 느꼈다.

— 하룻밤으로 모든 것을 청산할 수 있다면 힘을 빌려드리겠습니다. 약속을 지키십시오.

— 그대는 날 잘 알지 않나? 그대의 가족은 영원히 안전할 거야.

그건 신만이 결정할 수 있는 일입니다. 슈타이어는 이렇게 항변하고 싶은 마음을 누르고 숙소로 돌아왔다. 베르크만과 모제스와 모와 알로말이 잠도 안 자고 모여서 그를 기다리고 있었다.

─ 전쟁이 두려워서 도망치신 줄 알았습니다.

─ 전쟁보다는 그대들의 뒤치다꺼리가 더 두렵다네, 베르크만.

모제스가 둘의 농담을 듣다가 물었다.

─ 누굽니까?

슈타이어는 자기에게로 모이는 젊은이들의 눈동자를 보았다. 작이 슈타이어의 과거였다면 이들이 슈타이어의 미래라고 말할 수 있었다.

─ 과거의 인연이네.

─ 저희가 도와드려야 합니까?

─ 아니야. 그저 추억을 나누었을 뿐이야.

모제스는 의심을 거두지 않았지만 대장의 명예를 생각해서 더 추궁하지는 않았다. 그들은 타닥거리는 불을 앞에 두고 시시껄렁한 농담이나 맥 빠지는 괴담 따위를 늘어놓다가 흩어졌다.

깜부기불이 신음하는 새벽이 오자 다시 약점을 찾을 수 없는 사람이 된 슈타이어가 용사들을 깨우러 왔다.

―출진의 날에 섭정공께 풀어진 모습을 보일 생각인가?

섭정공은 플리니를 지칭하는 말이었다. 플리니는 본래 스타인 출신 제국 대학 교수로 모든 학자의 아버지인 흄 알라비드의 경전과 같은 책에 반기를 든 사람이었다. 그는 괴물과 동물을 분류하는 방식이 무의미함을 역설했다. 그 경계는 대체 어디에 그어야 합니까?

외부인과 괴물을 경멸하는 제국 사람들은 플리니를 대학에서 내쫓으라는 여론을 만들었다. 플리니는 낙향해서 실의에 찬 세월을 보냈다.

그러다가 박물학자를 꿈꾸는 레푸스 대공의 부름을 받아 그의 서기관이 되었다. 물론 학문의 스승 역할도 함께 담당했다.

제국이 스타인을 여섯 조각으로 찢을 때 플리니는 아무도 쓸모 있다고 여기지 않는 북서쪽 산지의 지배자가 되었다. 그곳 사람들은 거칠고 미개하다고 알려져 있었으며 스타인의 통치에 머리를 조아린 적이 없었다. 제국이 바란 것은 그저 레푸스의 신하 중 가장 학식 있는 사람을 멀리 떨어뜨려 놓는 일이었다.

이제 그 소외된 땅은 플리니 공국이라고 불리게 되었다. 플리니에게는 다소 장난기가 담겨 있는 대공이라는 호칭이 붙었다. 작은 나라 스타인에 대공이 여섯 명이나 되다니 참으로 악취미가 드러나는 결정이었다. 황제와 제국의 관료들은 스타인을 입에 담을 때마다 조롱하기 위해 대공을 여섯이나 만들었다.

플리니 대공은 자기가 맡은 땅을 우습게 여기지 않았다. 오히려 온갖 괴물이 설치는 땅에 왔으니 본업인 연구에 도움이 되겠다며 좋아했다. 그는 제국의 결정에 따라 언제든지 대공 자리에서 물러날 준비가 되어 있었다. 나머지 다섯 대공이 그 자리에 집착하고 매일 밤 스타인을 통일해서 왕으로 불리는 꿈을 꾸는 것과 대조적이었다.

덕분에 그는 스타인 지도자에게 항상 적대적이었던 북쪽 마을 연합의 지도자 수무르와 좋은 관계를 맺을 수 있었다. 어느 날 술에 취해 그에게 독립을 약속하자 수무르는 적극적인 협력자가 되어 주었다.

플리니는 사촌 형제인 오셀롯과 팔라스 사이에서 벌어지는 내전을 이용해서 스타인의 독립을 확약받는 일까지 성공했다. 그는 수무르와 마르쿠스와 함께 스타인 연합군을 결성해서 출진했다. 이 군대는 에젠 땅에서 벌어진 전투에서 활약하고 남쪽으로 방향을 돌렸다.

플리니의 군대는 위기에 놓인 바실 장군의 군대를 구하면서 순식간에 제국의 희망이 되었다. 바실 장군은 플리니 대공과 함께 그라스 시비스의 군대를 물리치고 제국 수도로 돌아왔다. 거기서 비록 황제인 팔라스를 구하는 일에는 실패했으나 적을 몰아내고 땅을 되찾았다.

팔라스 황제는 까마귀들의 수장 작의 수작에 당해 임종하면서 플리니에게 유언을 남겼다.

- 그대에게 이 나라를 맡기겠소.

팔라스 황제가 눈이 어두워져 플리니 대공을 아크마트 대공과 착각했다는 설이 돌기는 해도 플리니 대공은 제국의 구원자가 되었다. 그러나 그는 다시 한번 겸손을 발휘해 자기가 지도자가 되는 대신 디노펠리스를 황제 자리에 앉히고 그를 보좌하는 역할에 만족했다. 황제 디노펠리스 펠리스는 플리니 대공에게 섭정공이라는 지위를 내렸다.

제국의 신하들은 반대했다.

- 섭정이란 본래 황제가 부재한 시기에만 존재하는 직위입니다. 지금 제국에 황제가 있는데 어찌 또 섭정이 있다는 말입니까?

디노펠리스는 이런 항의에 단호하게 대처했다.

- 나는 그에게 마땅한 직위를 주었으니 더 논하지 마시오.

신하들은 그에게 불만을 가지면서도 작은 희망을 품었다.

그의 독선에서 예상하지 못한 펠리스의 기운을 본 탓이었다. 디노펠리스가 그래도 펠리스답게 군다면 제국은 아직 안전했다.

이런 과정을 통해 이름보다 섭정공이라는 명칭으로 더 잘 알려지게 된 플리니는 바실 장군과 슈타이어의 다섯 용사와 레푸스에게 버림받은 마르쿠스와 함께 제국을 지키기 위한 전쟁에 나설 예정이었다. 상대는 물론 에젠 황제 오셀롯, 한때 제국을 다스리던 사람이었다.

작이 슈타이어에게 한 부탁은 두 군대가 대치하는 날 밤에 자기와 함께 오셀롯의 진영으로 건너가서 그를 죽이자는 것이었다. 인질은 그가 오래전에 죽었다고 믿고 있는 옛 가족이었다. 그 자리에서 작을 죽인다고 끝날 문제가 아니었다. 작이라면 이미 다른 자들에게 부탁해서 자기가 죽는 상황을 대비해 두었을 것이다.

차라리 잘된 일이 아닌가. 슈타이어는 이렇게 생각했다. 스타인 땅에서 10년 가까운 세월을 살았지만 여전히 가끔 작이 나오는 악몽을 꾸었다. 그에게서 이대로 영원히 벗어날 수 없다는 것은 짐작하고 있었다.

그런데 작의 부탁이라는 것이 적군의 수장을 해치우는 일이었다. 어차피 플리니 섭정공을 따르는 슈타이어의 목표 중 하나였다. 그는 더 무서운 부탁을 걱정했었다. 오셀롯을 암살하는 일이라면 작과 협력해도 괜찮았다.

슈타이어는 베르크만과 모제스와 모와 알로말을 모아 놓고 말했다.

- 내가 전장에서 하루 정도 사라지는 일이 있을지도 몰라. 모두 놀라지 말게. 우리를 위한 일이기도 하니까. 내가 전쟁이 무서워서 도망갔다고 생각할까 봐 미리 말하는 거야.

농담에 웃는 사람은 없었다.

- 물어도 대답해 주지 않으시겠지요?

이렇게 묻는 베르크만은 어렴풋이 사태의 본질을 짐작하고 있었다. 그는 한때 슈타이어와 함께 까마귀 발톱 1소대에 소속되어 있었다.

- 언젠가는 말해 줄 거야.

섭정공이 제국의 권력자로 떠오르고 꽤 시간이
지난 다음에야 귀족들 사이에 그가 한때
제국 대학의 박물학 교수 플리니였다는 사실이 드러났다.
생물의 분류, 괴물과 동물 분류의 새로운 기준.
한때 금서처럼 취급되어 버려졌던
그의 저작은 갑자기 새로운 가치를 획득했다.
제국 수도의 서점마다
이 책을 구하기 위한 행렬이 들끓었다.
그러나 제국에서 이 책을 여전히
소유하고 있던 사람은 일부 학자뿐이었다.
그들은 황제나 대중이 싫어한다고
책을 버리지는 않았다.
높은 금액을 제시해도 책을 팔려고 하지 않자
어떤 귀족은 도둑을 고용했다.
그가 현장에서 붙잡히는 바람에 이 사건은 한때
전쟁을 누르고 가장 큰 화젯거리가 되는 영예를 누렸다.

XIV

**에이어리의 마음이 온갖 생각으로
휘몰아치는 가운데 손님이 찾아온다**

그는 소년으로 돌아가 있었다. 옷을 제대로 입지 못해서 추위가 살갗을 깨물었다. 언제나 잿가루에 뒤덮여 지냈지만 불은 단 한 번도 그의 몸을 따뜻하게 데워 주지 못했다. 한쪽을 불에 가까이하면 반대쪽이 참을 수 없이 차갑게 느껴졌다.

– 나는 에퍼였어.

에이어리의 몸 전체가 목구멍이 된 것처럼 목소리가 울렸다. 윙윙거리는 반향에 머리가 어지러워졌다. 에이어리는 위아래를 구별할 수 없었다. 중력은 그가 갇힌 공간에 작용하지 않는 듯했다.

가끔 여관 주인이 문을 열고 나와서 에퍼가 너무 불 가까이 있는 것을 보면 욕하며 화냈다.

– 이 미련한 짐승아. 네가 불기운을 다 빼앗아 가면 안이 춥단 말이다. 고작 네까짓 것을 따뜻하게 해 주려고 내가 이 고생을 하는 줄 아느냐?

운이 좋으면 이어지는 욕설로 끝났지만 가끔은 발길질이 날아오기도 했다. 가까이 다가오기 귀찮으면 돌멩이를 주워 던졌다. 형편없는 솜씨라도 가끔 실수로 맞으면 정신이 아득해질 정도로 고통스러워 눈물이 뚝뚝 떨어졌다.

- 그래, 나는 에퍼였지.

그는 이름이 없는 에퍼였다. 그리고 거대한 어깨로 기억되는 사람이 나타났다. 가르젠. 그가 에퍼의 구원자였다.

에이어리는 그가 지녔던 칼을 떠올렸다. 황금으로 뒤덮인 보물이 가볍게 툭 소리를 내며 마당에 떨어졌을 때 어린 에퍼는 눈을 빛냈다. 저걸 가지고 도망치면 다시는 춥고 배고프지 않아도 되겠지.

그러나 어린아이는 알고 있었다. 앞으로 저 안에서 어떤 끔찍한 일이 벌어질지 알았다. 직접 본 적은 없었다. 그래도 희생자의 소름 끼치는 비명은 귓구멍에서 만들어지는 상상의 산물이 아니라 실제였다.

비명이 들리고 나서 날이 밝으면 여관 주인 형제는 언제나 뒤뜰에 열심히 땅을 판 다음 뭔가 무거운 물건을 질질 끌어다가 묻었다. 아이는 자기도 언젠가 그렇게 될지 모른다는 생각에 몸을 떨어야 했다. 추위에 시달리는 평소보다 조금 더 심하게 떨었다.

에이어리는 자기에게 외투를 벗어 준 늠름한 사람을 떠올렸다. 그는 달랐다. 여관 주인 부부와 그 동생과도 다르고 자주 여관에 들르는 마을 사람들과도 달랐다. 무엇이 다른지 작은 머리로 설명할 수 없지만 분명히 달랐다.

그에게 욕이나 발길질을 하지 않았다는 단순한 이유를 대려는 것이 아니었다. 그에게서는 고귀함이 느껴졌다. 에이어리는 그때 아직 그 말을 알지 못했지만 만약 알았다면 분명히 그 말을 떠올렸을 것이다.

에퍼는 호통이 떨어질 것을 알면서도, 잘못하면 손님과 함께 땅에 묻힐 운명이 기다리고 있다는 것을 알면서도 쇠처럼 차가운 바닥을 기며 조금씩 앞으로 나아갔다. 찬란한 보물은 그 자리에 그대로 있었다. 추위에 제대로 펴지지도 않는 연약한 손이 마침내 황금 검에 닿았다.

찌릿한 기운이 피부와 혈관을 타고 에퍼에게 전해졌다. 그리고 그는 추위를 느낄 수 없었다. 명치에 급하게 삼킨 뜨거운 계란이 걸린 것 같은 기분이 들었다. 계란은 가슴을 태우다 못해 목구멍을 타고 올라와 머리를 폭발시킬 것 같았다.

그런데 이상하게도 더는 두렵지 않았다. 검을 만진 순간 에퍼는 추위와 고통과 죽음을 잠시 잊었다. 그는 검을 들고 두 발로 섰다. 발바닥의 냉기는 문제가 되지 않았다.

에퍼는 뚜벅뚜벅 여관으로 걸어갔다. 창문이 높아 아래쪽에 에퍼의 이마가 겨우 닿는 상황이었다. 도움닫기를 해도 안 이 보일까 말까 했다. 그러나 무슨 상황이 벌어졌는지는 소리만 들어도 짐작할 수 있었다.

에퍼는 어디서 솟아났는지 모르는 확신에 가득 차서 창문 안쪽으로 검의 손잡이를 불쑥 집어넣었다. 그리고 가만히 기다렸다. 초조한 기다림이었다.

검이 스르륵 빠져나가는 느낌이 손바닥에 전해졌다. 지금도 그 시원한 감각을 잊을 수 없었다.

- 고맙구나.

에퍼는 말하는 법을 잊어서 대답할 수 없었다.

- 고맙구나, 고맙구나, 고맙구나.

에이어리의 머릿속에서 같은 목소리가 반복해서 들렸다. 가르젠이 정말 내게 그렇게 말했던가? 내 기억이 왜곡되었나?

- 고맙구나, 고맙구나, 고맙구나, 고맙구나, 고맙구나, 고맙구나.

- 가르젠, 그대가 나를 구해 주었으니까요.

에이어리는 어둠 속에서 홀로 외롭게 대답했다. 가르젠의 목소리는 더 들리지 않았다.

에이어리는 다음 순간 대장장이 왕이 되기 위한 시험장 안에 있었다. 사방을 매끄럽고 반듯하게 깎아서 홈 하나 보이지 않는 구멍이 그를 기다리고 있었다. 그 안을 향해 발걸음을 내딛는 에이어리의 모습은 여덟 살 아이가 아니라 지금과 같았다.

오랫동안 잊고 있었던 기억이 되살아나서 에이어리는 뛰다시피 달려갔다. 어둠에도 여러 종류가 있었다. 이 동굴 안의 어둠에는 위협이 없었다.

─아, 난 이때 아직 에이어리가 아니었지.

에이어리는 바닥과 한 덩어리로 붙어 있는 탁자를 제외하고는 아무것도 없는 네모진 방에 들어섰다. 그리고 가루, 가루가 있었다.

─이 가루를 먹어라.

에이어리는 가루를 먹었다. 쇠 맛이 나지만 목에 껄끄럽게 느껴지지 않는 부드러운 가루였다. 다시 경험할 수 없었던 독특한 감각이 에이어리의 머리를 때렸다.

─그리고 만들어라.

에이어리는 알로말을 떠올렸다. 어렸을 적 아무 생각 없이 만들었던 물건은 나중에 알로말의 가슴에 다는 장치가 되었다. 그러나 지금 상상 속에서는 아무것도 만들 수가 없었다.

왜냐하면 아이가 자라면서 어른이 되었고, 단서 없이 무에서 시작하는 것을 두려워하는 존재가 된 탓이었다.

　-만들어라.

　소리가 쩌렁쩌렁 울렸다. 그때도 이렇게 강압적으로 들렸던가.

　-그럴 수 없어요.

　-만들어라.

　-그럴 수 없어요.

　-만들어라.

　에이어리는 침묵으로 거부했다. 더는 명령이 들리지 않았다.

　장면이 다시 바뀌고 에이어리는 보드라운 바닥에 누워 있었다. 손가락으로 더듬고 나서야 침대라는 것을 알았다. 서늘하고 산뜻한 손길이 그의 이마를 간질였다.

　에이어리는 이마의 근육을 찌푸리며 흐릿한 시야를 정돈했다. 그의 얼굴을 만지고 있는 사람은 마법사 왕국을 다스리는 루비 카르멘이었다.

　-에이어리.

　-카르멘.

　에이어리는 자연스럽게 그녀의 이름을 내뱉고 조금 당황했다. 현실에서는 단 한 번도 그런 적이 없었다.

-에이어리, 고민하지 않아도 돼요.

-고민하지 않아도 된다고요? 그러면 어떻게 하라는 말씀이죠?

-이리 와요. 내가 안아 줄 테니까 아기처럼 가만히 있어요. 고통은 영원하지 않을 거예요.

-그러면.

-자꾸 쓸데없는 말을 하거나 변명하지 말아요.

루비 카르멘에게서는 달콤하지만 과하지 않은 과일 같은 향기가 났다. 에이어리는 숨을 깊게 들이마셨다.

에이어리는 루비 카르멘에게서 어머니와 같은 따뜻함을 느꼈다. 그러나 카르멘은 아름다운 사람이었기에 그녀의 품에서 마음이 완전히 포근하게 가라앉지는 않았다. 가슴이 동동 울리는 것을 들으며 에이어리는 생각했다. 지금 나는 태어나기 전과 같은 상태구나.

-카르멘.

-왜 그러죠, 에이어리?

-저는 원해요.

카르멘은 잠자코 들어 주었다.

-저는 평안을 원해요.

―그렇다면 평안을 추구하세요. 그대는 원하는 것을 할 수 있어요.

―그럴까요?

―그대가 가진 힘은 대적할 자가 없는 힘이니까요.

―아리셀리스도요? 저는 그에게 당해서 여기 갇혀 있어요.

아리셀리스의 이름을 듣자 카르멘의 얼굴이 살짝 일그러졌다. 조금 전 환하게 웃을 때보다 미모가 돋보이게 되었지만 에이어리는 기분이 좋지 않았다.

―아리셀리스는 아리셀리스예요.

―저는요?

―대장장이 왕이죠.

―대장장이 왕이 아니라 에이어리가 될 수는 없나요?

―대장장이 왕이 에이어리이고 에이어리가 대장장이 왕이에요. 둘은 분리할 수 없어요.

―영원히요?

―영원히.

―그건 싫은데요?

―에이어리, 에이어리.

카르멘의 말투는 어린아이를 달래는 것처럼 변했다. 에이어리는 마음에 들지 않았다.

─생각해 봐요, 에이어리. 그대는 지금 태초의 어둠에 갇혀 있어요. 영원히 나갈 수 없어요. 그런데 어떻게 다른 존재가 될 수 있겠어요?

─아, 그렇네요.

에이어리는 저항 없이 납득해 버렸다. 바깥에서라면 다른 생각이 들었겠지만 지금은 카르멘의 말이 진리처럼 다가왔다.

─에이어리, 운명을 받아들여요. 도망친 자가 행복해지는 결말이 있었던가요?

에이어리는 마지막으로 힘을 짜내어 반격했다.

─받아들이면 무조건 행복해지는 건가요?

카르멘은 다시 자애로운 어머니 같은 존재가 되었다. 에이어리가 동경하는 모습은 그대로였으나 몇백 살은 더 먹은 것 같은 분위기가 느껴졌다. 어쩌면 인간을 초월한 것처럼 보이기도 했다.

─에이어리. 받아들이고 싸운 다음 명예롭게 결과를 맞이하는 거예요. 태초부터 그것이 인간의 운명이었어요. 가치는 승리가 아니라 싸움에 있어요.

─이렇게 갇힌 상태에서 뭘 어떻게 싸우란 말씀이세요?

─그건.

루비 카르멘은 답을 알고 있었다. 그걸 말해 주기만 하면 되었다. 에이어리는 들을 준비가 되어 있었다. 그러나 그녀가 입을 떼는 순간 다시 공간이 전환되었다.

에이어리 앞에 새로 나타난 존재는 크릉홍다르흐였다. 푸른 용이 에이어리를 보고 콧소리를 냈다. 마치 웃는 것 같았다.

왼쪽에는 어린아이 모습을 한 붉은 용이 있었다. 전에 자유동맹에서 만났을 때와 조금도 변한 것이 없었다.

오른쪽에는 처음 보는 존재가 있었다. 그도 사람의 모습을 하고 있었으나 분명 사람은 아니었다. 에이어리는 그 역시 용일 것으로 짐작했다. 머리끝부터 발끝까지 검은 옷을 입고 있었지만 까마귀나 작을 떠올리게 하는 부분은 전혀 없었다.

- 에이어리, 드디어 갇혔구나.

어린아이의 모습을 한 붉은 용이 웃었다.

- 왜 기뻐하시는 겁니까?

- 넌 처음부터 갇히게 되어 있었어.

- 아무리 발버둥 쳐도요?

- 응, 아무리 발버둥 쳐도. 그런데 네가 발버둥을 치기는 했던가?

- 아니요.

─ 거봐.

─ 무엇을 위해 발버둥 쳐야 하는지, 언제 그래야 하는지 아무도 말해 주지 않았잖아요?

─ 또 어린아이 같은 소리를 하는구나. 그런 건 원래 아무도 말해 주지 않는단다. 에이어리, 그래서 인간 모두가 불안해하는 거야. 아무도 말해 주지 않으니까.

─ 그러면 용은요. 용들은 어떤가요?

에이어리는 세 용을 번갈아 보며 물었다.

─ 용은 불안해하지 않는다. 우리는 처음부터 인간이 아니니까.

─ 그러면 당신들은 뭐죠?

가만히 있던 크룽흥다르흐가 나섰다.

─ 우리는 마법이다.

검은 용이 거들었다.

─ 우리는 마법이 구체적인 형태를 갖춘 모습이다.

─ 마법이라고요?

검은 용은 고개를 끄덕여 주었다. 에이어리를 대견하게 생각하고 살짝 웃는 것 같기도 했다.

─ 그래, 인간은 마법을 사용하지만 우리는 그 자체로 마법이다.

평소라면 그 의미를 탐구해 보았겠지만 지금 태초의 어둠 속에 갇힌 에이어리는 만사가 귀찮았다.

 알겠습니다. 내가 머릿속에서 그런 생각까지 했는 줄은 몰랐네요. 여러분이 마법이라니. 내 상상력도 그럴듯하군요.

 무슨 말을 하는 거냐?

붉은 용이 호통치듯 물었다. 아이의 모습을 하고 있어서 그런지 귀여운 구석이 있었다.

 당신들은 모두 내 상상이잖아요?

 어리석기는. 우리는 정말 너와 대화하고 있다.

 상상이 내게 반론을 펴다니.

 그대의 상상이라면 나의 모습을 구체적으로 떠올리지 못했을 거다. 그대는 나를 만난 적이 없다.

검은 용이 말했다.

 당신이 실존한다고요?

 그렇다.

 믿을 수 없어요.

 나중에 그대는 나를 만난 사람과 대화하게 될 것이다. 그리고 내 말을 믿을 것이다.

 그게 누구죠?

 마르쿠스.

―스타인의 마르쿠스요?

크룽홍다르흐가 둘 사이에 끼어들었다.

―에이어리, 시간이 없다. 우리는 그대를 믿는다.

―그게 구체적으로 무슨 뜻인지 설명을 좀 해 주시면.

용들은 순식간에 에이어리의 머릿속에서 사라졌다. 다시 어둠이 찾아오나 싶었는데 똑똑 문 두드리는 소리가 났다.

―계십니까?

느른하게 들리는 목소리는 에이어리의 귀에 이상하게 친숙했다. 눈물이 왈칵 솟았다. 다시 나무문을 똑똑 두드리는 소리가 났다. 에이어리의 주위에는 나무 비슷한 것도 없고 오직 영원한 어둠뿐이었다.

―계십니까? 문이 없는 걸 보니 어디 가시지는 않은 것 같은데요.

―여기 있어요.

에이어리는 혹시라도 문을 두드린 사람과 대화할 수 없을까 봐 겁을 먹었다.

―문이 없다면서 어떻게 두드리시는 거죠?

―그건 어렵지 않지. 문은 두드리는 사람을 위한 거다. 내가 두드리고 싶다면 문을 만들 수 있지.

그리고 손님은 정말로 어둠의 한 조각을 문처럼 떼어 냈다.

사각형의 틀 속에 사람의 얼굴이 나타났다. 그는 지혜롭고 강하고 죄책감이 많은 사람이고 한때 대장장이 왕이었고 이제는 젤레즈니 여왕의 남편이었다.

—스승님.

에이어리의 눈물을 보고 오카브가 웃었다.

—내 앞에서는 울지 마라. 멋지게 보이지 않으니까. 내가 우는 건 혼자 있을 때 해도 충분하다고 가르치지 않았니?

—여긴 어떻게 오셨어요?

—그건 산에 몰래 별장을 마련하고 혼자 사는 사람이 뜻밖의 방문객을 맞이할 때나 할 법한 말이구나. 네 상황은 조금 더 극적이지.

—어떤 일이 일어났는지 말씀드릴게요.

—그 안에 있는 게 아프거나 힘들지는 않니?

—그렇지는 않아요. 영원히 나갈 수 없다는 생각이 두려웠지만요.

오카브는 장치 안을 둘러보더니 말했다.

—이건 네가 만든 물건이구나. 대장장이 왕이 아니고서는 누구도 이런 걸 만들 수 없지. 좋아, 어쩌다가 자기가 만든 감옥에 갇혔는지 한번 들어 보자.

—그 전에 대답을 듣고 싶어요. 스승님은 여기 어떻게 오신

거죠?

─ 널 구하러 왔다.

─ 제가 위험에 처한 건 어떻게 아시고요?

─ 솔직히 여기 올 때까지는 몰랐어. 어떤 사람의 도움으로 이 나라에 들어온 다음에야 상황을 대강 파악할 수 있었지. 마법사들이 전부 네 얘기를 하고 있거든.

─ 데스커드, 데스커드는요?

─ 왕을 지키는 일에 영 재주가 없는 그 떨떨한 경호원은 다행히 잡히지는 않았다. 어디 숨어 있는지는 나도 모르겠지만.

─ 지금 제가 꿈을 꾸는 건 아니겠죠?

오카브는 이 말의 근원을 생각했다.

─ 하하하하. 아니야. 난 정말 여기에 있다.

말이 끝나기 무섭게 오카브가 어둠 속으로 팔을 집어넣었다. 그는 어둠의 정체를 전부 아는 사람처럼 두려움이 없었다. 에이어리는 겉보기보다 강한 힘이 손목을 끌어당기는 것을 느꼈다.

─ 역시 이렇게 당겨서는 안 빠지는군.

― 우리는 흔히 빛의 부재를 어둠이라고 칭합니다.

저 유명한 까마귀들이라면 어둠의 부재를

빛이라고 부르겠지요, 하하하.

학생들은 이 농담에 웃지 않았다.

― 그리고 우리는 정상적인 동물이 아닌 생물을

모두 괴물이라고 부릅니다.

그러니까 정상의 부재를

괴상함이라고 칭할 수 있겠습니다.

그런데 정말 그렇습니까?

학생들은 이번에도 반응하지 않았다.

― 동물과 괴물의 경계는 그렇게 뚜렷한가요?

무엇이 동물을 정상적으로 만듭니까?

빛은 때로 어둠과 섞여

침침한 공간을 만들어 냅니다.

그곳은 빛도 어둠도 완전히

지배하지 못하는 영역입니다.

플리니 교수는 더 열정적인 목소리가 되었다.

볼이 붉게 상기되었고 눈은 사교성 없는 광채를 띠었다.

- 둘이 섞일 수 있다면 둘은 처음부터

대립적인 것이 아닙니다.

동물과 괴물도 마찬가지입니다.

우리의 생물 분류는 천 년 넘게

흄 알라비드의 지배를 받아 왔습니다.

그동안 우리의 이해는 그 가르침을 따르느라

조금도 발전하지 못했어요.

학생 하나가 손을 들었다.

플리니 교수는 턱짓으로 허락했다.

- 하지만 동물과 괴물은 교배가 안 됩니다.

- 좋아요. 좋은 신화를 하나 지적했어요.

동물과 괴물은 교배가 안 된다.

거기에 대해서는 여러분이

잘 알고 있는 동물로 시작해 봅시다.

플리니 교수의 안경 속 눈이 날카로워졌다.

- 대부분 귀족 자제인 여러분이 매일 타고 다니는

제국산 말. 여러분은 그 놀라운 생물의

기원에 대해 들은 바가 없지요?

-그 기원에 대해서 사실 나는 모르오.

아무것도 모르고 떠들던 시절이 있었지.

과거의 자신에게 섭정공이 대답했다.

XV

**플리니 섭정공과 오셀롯의 군대가 격돌하고
루 도인이 루 도인을 만난다**

플리니는 제국산 말을 타고 있었다. 보통 말에 비해 엉덩이 근육이 지나치게 발달한 종이었다. 덕분에 위에 올라타 있으면 몸이 마구 흔들렸지만 더 빠르게 먼 거리를 이동할 수 있었다.

그는 젊은 시절 제국 대학의 교수였다. 흄 알라비드의 가르침에 어긋나는 것을 가르치고 책을 저술했다는 이유로 대학에서 쫓겨나기 전까지는 그랬다. 그때 그가 사용한 논리 속에는 제국산 말도 중요한 역할을 했다. 제국산 말은 사람들이 유사 말이라고 부르는, 괴물 말과 일반 말의 교잡종이었다.

플리니는 괴물과 동물의 구별이 무의미하다고 주장했다가 동료와 사회로부터 큰 공격을 받았다. 그중에는 제법 합리적인 지적도 있었다.

-자네 말대로 동물과 괴물을 분류할 만한 차이가 없다고 인정하세. 그런데 어째서 말을 제외한 다른 종에서는 동물과

괴물의 교배가 불가능한 거지? 그리고 어째서 그런 기적은 단 한 번만 일어난 거야? 재현할 수 없는 것은 아무런 학문적 가치가 없네.

플리니는 그 당시 답을 몰랐고 지금도 마찬가지였다. 다만 동물과 괴물의 피를 모두 받아들인 제국산 말은 답과 상관없이 플리니의 몸을 든든하게 받쳐 주었다. 플리니는 그 힘을 고스란히 느꼈다. 인간이 답을 몰라도 생명의 역동성은 이 근육 속에 살아 있었다.

플리니 섭정공은 학자 출신답게 이번에도 마차를 타고 편하게 전장에 나아갈 수 있었지만 그 방식을 거부했다.

- 전쟁에서 왕과 장군은 직접 싸우지 않아도 군대의 모범이 되어야 하네. 병사들은 적을 만나기도 전에 일단 지휘자를 보고 사기를 결정하지. 상관이 태만하면 그들은 전쟁에서 승리하는 일은 글렀다고 생각하거나, 이겨도 자기에게 돌아올 공훈은 없다고 느끼고 대충 싸우다가 도망칠 궁리만 하게 되어 있어. 그러니 나만 누워서 갈 생각은 없네.

플리니의 대답은 그를 모시는 신하들에게 감탄과 의문을 동시에 안겨 주었다. 이 사람은 평생 학문에 정진하느라 몸에 근육 한 덩이 제대로 남기지 못한 사람이 아닌가. 그런데 전쟁에 대한 이런 판단력과 지혜는 대체 어디에서 왔다는 말인가.

그런 생각은 일단 플리니의 곁을 경호원처럼 지키고 있는 두 기둥 같은 존재로부터 시작되었다. 한 명은 한때 스타인 왕국의 총리였던 마르쿠스로 그는 문과 무를 모두 겸비했다는 평가를 들었다. 스타인 왕 레푸스에게 뜻하지 않게 버림받은 다음에는 충성의 대상을 플리니에게로 돌렸으나 영원한 것은 아니었다. 그는 스타인에 돌아가서 벌어진 일의 내막을 밝히고 필요하다면 다시 레푸스의 힘이 될 작정이었다.

다른 기둥은 한때 플리니가 다스렸던 스타인 북부 산지의 여러 세력을 다스리는 수무르였다. 그는 평생 학문과 가까이 하지 않았으나 강한 힘과 그에 걸맞은 인망으로 부하들의 존경을 받으며 플리니와 협력하고 있었다. 플리니는 이 전쟁이 마무리되면 수무르에게 독립된 나라를 허용하기로 약속해 두었다. 수무르의 적극적인 태도의 상당 부분은 여기에서 기반했지만 그렇다고 그것이 전부라고 말할 수는 없었다.

둘에 못지않은 존재감을 지니고 있지만 플리니의 곁에서 한참 떨어져 있는 사람은 제국 정예군을 다스리는 바실 장군이었다. 그는 한때 플리니를 제국의 구원자처럼 여겼으나 지금에 와서는 누구보다 두려워했다. 황제 디노펠리스는 어릿광대와 같았고 플리니는 모두의 찬탄을 자아내는 지도자였다. 설마 스타인 출신의 학자에게 나라를 빼앗길 리야 없겠지만 경계하는 것이 그의 책무였다.

바실 장군은 자기 뒤를 따르고 있는 슈타이어의 용사들을 특히 경계했다. 한때 까마귀 발톱이었다는 사실이 밝혀진 슈타이어와 베르크만을 필두로 제국을 떠받치다가 세상을 떠난 아크마트 대공의 아들 모제스가 따르고 있었다. 그 뒤에는 도무지 믿을 수 없는 루 도인 알로말과 모가 있었다. 이 다섯은 플리니를 위해서라면 황제 디노펠리스와 바실 자신을 죽이는 일도 망설이지 않을 사람들이었다.

바실의 곁에는 젤레즈니에서 파견된 장군도 있었으나 그는 관심에 들지 못했다. 대신 바실 장군은 그들을 뒤따르는 연합군의 구성 성분을 다시 확인했다.

가장 다수는 역시 제국 정예군이었으나 이제는 정예라는 말을 자신 있게 붙일 정도로 사기가 좋지는 못했다. 오히려 기세등등한 것은 수무르의 부대였다. 그들이 이 군대에서 가장 패기 넘치는 세력이었다. 제국군은 수가 훨씬 적은 젤레즈니의 군대보다도 초라하게 느껴졌다.

연합군은 제국 수도의 동문을 나와 여름 궁전의 오른쪽 좁은 길로 우회해서 진군했다. 저 멀리 제국 대학의 모습이 보였으나 플리니는 군대를 멈추지 않았다. 개인적인 소회는 전쟁이 끝나고도 풀 시간이 충분히 있었다. 수도에 머무는 기간 동안 가려고만 했다면 얼마든지 갈 수 있어도 미룬 참이었다.

군대는 마곤에서 다시 한번 물자를 정비하고 태세를 갖춘 다음 서서히 남하했다. 정찰병의 보고에 따르면 에젠 황제 오셀롯의 부대도 에젠성을 나와 서쪽으로 천천히 진군하는 중이었다.

계산대로라면 양쪽 군대가 맞부딪치는 곳은 전쟁의 도마라고도 불리는 전쟁의 제단 북쪽 너른 땅이었다. 그 땅을 관통하는 황제의 대로는 서쪽으로 가면 마리 다리로 이어졌고 동쪽으로 가면 세 갈래로 갈라졌다.

오셀롯이 출정을 늦춘 것은 자신감이 부족해서가 아니었다. 그는 두 동맹, 루 도인과 놋이 도착하기를 기다렸다. 알로말의 뒤를 이어 루 도인의 장군이 된 예는 전쟁을 거부했고 그의 뒤를 이어 매가 새 장군이 되었다. 예는 병사의 신분으로 따라나섰다.

그와 함께 걷는 병사 중 하나가 물었다.

–장군께서는 처음부터 전쟁을 반대하셨고 그 바람에 사제의 미움을 사 지위도 다 잃으셨습니다. 여기는 무엇 하러 따라나서십니까? 누구도 탓하지 않을 겁니다.

예는 수염을 쓰다듬으며 담담하게 대답했다.

–그러나 우리 모두의 운명이 여기에 걸렸네. 내가 어떻게

집에서 가만히 기다리겠나? 무엇을 하든 힘을 보태야지.

물었던 사람은 이후로 예를 장군으로 존대했다. 주위 사람들도 마찬가지였다. 비록 권력을 잃어도 그 후광이 오래 남는 사람이 있었다.

오셀롯은 루 도인의 새 장군 매를 보고 별로 탐탁하게 여기지 않았다. 그가 보기에는 예전 장군이었던 무가, 소년과 청년의 경계에 있던 애송이가 훨씬 그럴듯했다.

- 무는 어떻게 되었는가?
- 실종되어서 누구도 행방을 알 수 없습니다.
- 그대는 이름이 무엇이라고?
- 매입니다.
- 그래, 매. 그대와 무가 싸우면 누가 이기나?

노골적이고 유치한 질문에 모두가 당황했다. 매는 그럭저럭 평정을 잘 유지했지만 눈이 여러 번 깜박이는 것을 막지는 못했다.

- 알로말, 무 님은 루 도인 중의 루 도인이십니다. 저는 그분을 이길 수 없습니다.
- 그렇겠지. 그러면 군대는 누가 더 잘 지휘하나?
- 그건.
- 누구지?

─알로말 님이 조금 나을 겁니다.

오셀롯은 알로말이 무라는 사실을 진작 눈치챘지만 새 이름이 마음에 들지 않아 얼굴을 찡그렸다. 알로말이라니, 마치 제국 사람에게나 붙일 이름이 아닌가.

─그러면 루 도인 군대는 지난번보다 약해졌겠군그래.

─아닙니다. 지난번에는 진심으로 싸우지 못했습니다. 이번에는 우리 모두가 죽을 각오로 왔습니다.

매가 항변했다. 오셀롯은 그 간절함이 마음에 들었다. 그는 절박한 처지에 놓여 간청하되 비굴하지 않은 사람을 좋아했다. 실은 그 사람들을 좋아하는 것이 아니라 상대를 그렇게 만들 수 있는 자기의 권력을 사랑했다.

─알겠네, 믿어 주지.

놋의 전차 부대는 루 도인이 도착하고 사흘이 지난 다음에야 나타났다. 놋 역시 지도자가 바뀌어 있었다. 새로운 놋 왕은 직접 오지 않고 휘하의 장군들만 보냈다.

─왕은 어째서 오지 않는가?

오셀롯의 힐문에 장군들은 황송함을 감추지 못했다.

─왕위에 오르신 지 얼마 되지 않아 아직 나라가 불안해서 오지 못했습니다.

─나라가 불안하다고? 어떻게 불안한가?

― 왕을 교체한 것에 대해 불만을 품은 세력이 있습니다.

― 어차피 이렇게 내게 군대를 다 보내면 거기에 있어도 불안하기는 마찬가지가 아닌가? 차라리 군대와 함께 움직이는 쪽이 더 안전하지. 놋 왕들은 하나같이 어리고 판단력이 떨어지는군. 지난번에 전차가 제대로 달리지 못하고 뒤집어진 것도 이해 못 할 일은 아니야.

놋의 장군들은 에젠 황제의 독설을 들으면서도 분개하거나 하지는 않았다. 오셀롯은 그것을 어렴풋이 눈치챘기에 마음껏 막말을 내뱉었다.

― 이번에는 그런 일이 없을 겁니다.

― 알겠네, 알겠어.

오셀롯은 좌중을 둘러보고 호기롭게 외쳤다.

― 자, 그럼 이제 아들과 싸우러 가야겠군. 수도에 입성하면 그 녀석을 평생 지하 감옥에 가둬 둘까, 아니면 나무에 거꾸로 매달아 놓을까?

디노펠리스가 이 말을 들었더라면 당장이라도 혼자 돌아가겠다고 고집을 피웠을지도 모르는 일이지만 다행히 그의 곁에는 폴리니 섭정공이나 바실 장군과 같은 사람들이 있었다. 그들은 인내가 바닥나는 일 없이 새 황제를 꾸준히 설득할 준비가 된 사람들이었다.

제국의 군대, 제국과 스타인과 젤레즈니 연합군은 오셀롯이 출정했다는 소식을 들으며 천천히 남하했다. 오셀롯의 군대, 에젠과 놋과 루 도인의 연합군도 상대의 동태를 파악하며 천천히 서쪽으로 움직였다. 바야흐로 두 군대가 전쟁의 제단 북쪽에 피를 흩뿌릴 준비가 끝난 상태였다.

첫 황제가 하늘에서 보면 이렇게 탄식했을지도 모르는 일이었다.

―이봐, 피를 거기서 흘리면 안 돼. 조금 더 남쪽으로 가라고. 거기에 내가 만든 제단이 있잖아. 희생은 알맞은 장소에서 해야 한다고.

그의 후손과 장군들과 병사들의 귀에는 그 외침이 들리지 않았다. 이들 중 일부는 끝내 이름을 남기지 못하고 무명의 전사자가 될 예정이었다. 그나마 이름이 남게 된 것은 양쪽의 장군과 고위 장교들이었다. 디노펠리스 황제가 이끄는 무리 속에 제국 유일의 전쟁 기록관 스탐노스가 들어가 있는 덕분이었다.

그는 먼 옛날 대장장이 왕 중 하나가 만들어 전해 주었다는 소문이 도는 휴대용 펜을 들고 종이를 작게 접은 다음 만반의 준비를 갖추고 있었다. 달리는 말 위에서나 전쟁의 혼란 가운데서도 기록을 남길 자신이 있었다.

처음에는 한직인 전쟁 기록관이 된 것이 서러웠으나 지금은 오히려 그 행운 때문에 밤마다 잠을 이루기 어려웠다. 지난 300년 동안 제국은 평화로웠다. 가끔 제국 주변 나라들이 시끄러웠으나 어쨌든 제국은 굳건했다. 이제 그 안에서 격렬한 내전이 벌어지는데 그 가운데 선 서기관은 스탐노스가 유일했다.

당장은 나이 때문에 어렵다고 해도 나중에 1급 서기관이 되는 것은 당연한 일이 아니겠는가. 어쩌면 최연소 기록을 갈아치우게 될 수도 있었다. 스탐노스 펠리스라는 이유로 동료들에게 당하던 질시도 끝나게 되어 있었다. 새 황제 디노펠리스도 늙은 서기관들보다는 디노펠리스에게 우호적이었다.

스탐노스는 자기의 기록이 나중에 책으로 엮일 것을 아직은 짐작하지 못했다. 그 제목을 손수 제국의 종말이라고 지을 것도 미리 알 수 없었다. 비록 1급 서기관은 되지 못해도 그보다 더 큰 명성을 얻으리라는 사실은 상상 밖이었다. 혹여 알았더라면 심장이 떨려 펜과 종이를 전장에 떨어뜨렸을지도 모를 일이었다.

커다란 짐승처럼 꾸물대는 양쪽 군대는 첫 황제의 아쉬움처럼 전쟁의 제단 북쪽에서 만났다. 거기서 태세를 정비한 다음에는 어느 쪽도 망설이지 않고 상대의 힘을 시험하기 위해 전진했다.

함성과 진동이 부딪쳤다. 금속은 같은 금속과 살과 뼈에 닿았다. 피가 금속에 엉기고 땅에 쏟아졌다.

놋의 전차 부대는 지난번보다 위세가 좋았으나 수무르가 이끄는 기병들의 속도를 따라잡기는 쉽지 않았다. 그들은 무기를 들어 전차병을 순식간에 쓰러뜨리고 옆으로 빠졌다. 그래도 넓은 지역을 포위하고 무섭게 몰아쳐 들어오는 전차들은 마치 움직이는 벽과 같았다. 말을 움직이는 솜씨에 조금만 틈이 있어도 그 벽에 부딪쳐 바닥에 고꾸라졌다.

양쪽이 자랑하는 최정예 부대는 어느 쪽도 승리라고 주장할 수 없게 서로에게 피해를 안겼다. 그사이 에젠의 전략가 그라스 시비스는 루 도인 부대를 제국 연합군의 옆구리 쪽으로 투입했다. 예상하지 못한 일은 아니었기에 바실 장군도 정예 부대를 보내 그들을 막았다. 그 선봉에는 이제 다섯이 된 슈타이어의 용사들이 있었다.

루 도인 부대는 수가 적었다. 그래도 날쌔고 강한 것은 여전해서 슈타이어의 용사들이 미리 병사들을 교육하지 않았다면 도저히 막을 수 없는 기세였다. 알로말과 모는, 특히 알로말은 루 도인의 약점을 알았다. 격돌을 며칠 앞두고 한때 루 도인의 장군 무였던 알로말은 지휘관들에게 루 도인의 약점을 자세히 설명했다.

ㅡ그들은 매우 빠르게 움직입니다. 그 움직임은 생각의 속도를 넘어설 때가 있어요. 루 도인이 빠른 것은 동작뿐이지 생각의 속도는 다른 사람들과 같습니다. 그래서 서로의 움직임을 예상하지 못할 때가 있습니다.

이것은 초대 대장장이 왕이 마법사 왕 세타세와 함께 루 도인을 만들 때 인간을 원형으로 삼은 탓에 일어난 일이었다. 둘은 괴물과 동물이 인간보다 강한 육체를 지니고 있으니 육체를 강화하는 것에는 찬성했지만, 인간보다 똑똑한 생명체를 만드는 것은 두려워했다. 두 사람도 역시 인간이었기에 모든 면에서 인간을 능가하는 존재는 원하지 않았다.

알로말은 그런 내막을 모르면서도 루 도인의 약점을 지적할 능력은 있었다. 그러나 마음이 괴로웠다. 루 도인의 구원자가 되기로 해 놓고 황제가 죽자 절망에 빠져 숨어든 자신도 부끄러웠지만, 다시는 오셀롯에게 휘둘리지 말라는 충고를 저버린 사제에게도 강한 배신감을 느꼈다.

ㅡ루 도인을 상대하는 방법은 인간이 괴물을 상대하는 방법과 같습니다. 미리 정해진 움직임으로 흩어 놓고 고립시키고 하나씩 상대하면 됩니다. 우리는 함께 약속한 대로 움직이는 것에 취약하니까요.

이런 설명 하나로 루 도인에 대한 무서움이 사라지는 것은 아니었지만 그들이 무적이 아니라는 것을 알게 되면 병사들의 두려움도 줄어들 수 있었다. 알로말은 비참한 심정으로 덧붙였다.

- 그러나 제가 먼저 그들을 설득할 수 있게 해 주십시오. 루 도인은 평화로운 사람들입니다. 우리는 이유 없이 상대의 피를 흘리지 않습니다.

- 대공께 여쭤보겠네.

슈타이어는 일단 그렇게 말할 수밖에 없었다. 그는 플리니를 여전히 대공이라고 불렀다. 보고를 받은 플리니는 알로말의 부탁을 들어주었다.

- 싸우지 않고 해결될 수 있다면 그보다 좋은 것은 없지.

슈타이어는 플리니가 승낙할 것을 미리 알고 있었다. 그는 싸움을 좋아하지 않았다. 그래서 애초에 학자가 되지 않았던가. 플리니는 슈타이어의 마음에 솟아나는 잔인한 감정을 읽고서 화를 내는 대신 빙그레 웃었다.

- 슈타이어, 그대는 합당한 이유가 있으면 싸움을 피하지 않겠지? 피를 흘리기 좋아해서가 아니라 마땅히 해야 할 일을 하는 사람이니까.

- 그렇습니다.

슈타이어는 어리둥절해하면서 대답했다.

-실제로는 그렇지 않네. 그대는 항상 싸울 준비가 되어 있어. 기회가 생기면 싸워야 하는 거야. 싸우고 싶으니까.

슈타이어는 아니라고 대답하지 못했다.

-그대뿐 아니라 모두가 그렇네. 싸우기로 이미 결심한 다음에 이유를 찾는 거야. 이유를 끝내 찾지 못하면 억지로 만들어 내지. 그건 사실 제일 쉬운 부분이야.

-그렇습니까?

-그런 생각에서 자유로워지려면 나처럼 유약해야 하네. 나는 아무도 이길 자신이 없으니 항상 싸움을 피해 도망치거든.

플리니가 껄껄 웃었다.

-대공께서는 자신을 너무 낮게 평가하시는군요.

-나는 박물학자야. 세상 모든 생물을 평생 연구하고 알게 된 것이 있네. 도망치는 것을 수치스럽게 여기는 것은 인간뿐이야.

-그것이 인간을 특별하게 만들어 주는 것이 아닙니까?

-그럴지도 모르지. 하지만 다른 생물의 장점을 때로는 받아들일 수도 있어야 하네.

-그러면 이 싸움에서도 도망쳐야 합니까?

-글쎄, 보금자리를 공격당하면 다른 생물도 꽤 격렬하게

싸우지.

　-제 아둔한 머리로는 대체 무슨 말씀을 하시려는지 모르겠습니다.

　-실은 나도 모르겠네. 어떻게 해야 이 전쟁에서 사람이 가장 적게 죽을까?

　슈타이어는 한 사람을 떠올렸다. 그는 루 도인으로 태어났고 까마귀들의 수장이 되었다. 에젠 황제 오셀롯을 죽이기 위해 슈타이어를 찾아왔었다. 그의 소원을 이뤄 주면 전쟁이 끝나지 않을까?

　루 도인을 각개 격파로 제압하는 것은 분명 훌륭한 전략이었으나 전장에서 실행하는 것은 다른 문제였다. 가장 훌륭한 병사들을 투입하고도 피해가 늘어나 전선이 자꾸 뒤로 밀렸다. 이대로 가면 플리니와 바실이 이끄는 제국 정예군은 허리가 숭덩 잘릴 운명이었다.

　투구를 깊게 눌러써 정체를 감추고 있던 알로말은 더 참지 못하고 자신을 드러냈다.

　-여러분, 내 형제와 자매들은 들으시오. 나는 한때 무라고 불렸던 알로말이오. 여러분은 여기서 대체 누구를 위한 전쟁을 하고 있소?

　젊은이의 목청이 어찌나 좋았던지 그 소란 속에서도 모두가 그의 외침을 어렴풋이나마 들을 수 있었다. 알로말 혼자서만 그 사실을 알지 못하고 가슴의 금속판을 두드려 사람들의 귀를 자극했다.

알로말은 자기에게 모두의 눈과 귀와 마음이 쏠린 것을 알았다. 이제 감동적인 연설로 그들의 생각을 돌리고 전쟁을 끝내야 할 때였다. 그러나 흥분한 젊은이의 뇌는 딱딱하게 굳어져 몇 가지 감정 외에 그럴듯한 것은 생산하지 못하는 상태가 되어 있었다.

― 저기.

갑자기 전장이 기적처럼 조용해졌다. 알로말은 자기가 침을 꿀꺽 삼키는 소리도 들을 수 있었다.

― 저기.

알로말이 머뭇거리는 바람에 세상은 종말을 맞이했다. 하늘이 내려앉고 공기가 마구 날뛰며 땅이 진동했다. 먼지들이 일제히 하늘로 치솟아 올랐다가 춤을 추며 바닥으로 내려왔다. 이 전쟁에서 자기 발로 서 있을 능력이 있다고 뽐내던 자들은 모두 태어났을 적의 상태로 돌아가 바닥에 쓰러졌다.

하늘과 땅은 하나가 되었다가 다시 분리하기를 반복했다. 세상이 한때 네모가 되었다가 다시 동그래지기도 했다. 비위가 약한 자들은 참지 못하고 위에 채워 넣은 것들을 게워 냈다. 바지에 오줌을 싸거나 더 심한 일을 겪은 사람도 부지기수였다.

알로말이 말을 더듬었다고 어째서 세상이 끝나야 한다는 말인가. 그와 적인지 같은 편인지를 가리지 않고 모두가 그런 의문을 품었다.

그러나 세상의 위아래를 뒤집는 혼란은 알로말에게서 온 것이 아니었다. 그 진원지는 전장의 북동쪽 산맥 안에 깊숙이 숨어 있는 마법사 왕국에 있었다.

마침내 에이어리의 장치가 작동한 것이다.

✦ 특별 좌담 ✦

김지은
+
송수연
+
오세란
+
이재복
+
유영진

아동청소년문학평론가

2025년 6월 27일 위즈덤하우스 회의실에서 『대장장이 왕』 2차 특별 좌담이 진행됐다. 2023년 8월 3일 진행된 1차 특별 좌담에서 『대장장이 왕』 1~4권을 중심으로 본 작품과 판타지 장르에 대해 다각도로 살펴보았다면, 2차 특별 좌담에서는 『대장장이 왕』 5~9권을 중심으로 결말에 대한 예측과 오늘날 이 작품이 갖는 의미에 대해 자유롭게 이야기 나누었다. 1차 특별 좌담과 같이 오세란 평론가가 진행하고, 김지은, 송수연, 유영진, 이재복 평론가가 참여했다.

✦ 편집부

오세란 4권 출간 시 1차 좌담을 진행한 뒤로 두 번째 만남이다. 여러 권을 한꺼번에 읽느라고 다들 고생했을 것 같다. 요즘 독자들에게는 방대한 분량은 물론 이런 정통 판타지 장르 자체가 도전일 수 있다. 이런 시류를 고려했을 때, 이 작품이 갖는 미덕, 의미, 한계는 무엇이라고 생각하나.

김지은 우리가 판타지 문학을 읽는 이유는 현실 세계에서 해결하지 못하는 문제가 많고 그 세계를 부분적으로 수정하는 것의 한계를 너무나 잘 알기 때문에, 전면적인 수정을 원하고 다른 세계의 가능성을 취하고 싶어서라고 생각한다. 허교범 작가가 쓴 이 작품처럼 전통적인 구조의 하이 판타지는 우리가 현실 세계에서 벗어나 세계 전체를 다시 구성하는 구성자의 입장에 서 보게 하는 의미가 있는 것 같다. 이 작품의 주인공 또한 세계를 만드는 자인데, 이렇게 조물주 또는 구성자가 되는 경험을 선사하려면 당연히 하이 판타지일 수밖에 없는 것이다. 요즘 세계관이라는 말을 많이 사용하지만, 실은 이 용어를 굉장히 협소하게 사용하는 면이 있다. 오늘날 독자가 어떤 캐릭터와 취향과 재미있는 요소들로 구성된 아기자기한 세계관을 이야기하고 있다면, 이 작품은 진정한 세계관이란 무엇인가를 보여 주는 굉장히 야심 찬 서사라는 생각이 들고 그러한 작업을 9권까지 해 온 것에 대해서 상당히 존경하는 마음을 갖고 있다.

유영진 『판타지 동화 세계』가 2천 년대 초반에 나왔으니 이재복 선생님이 판타지 담론을 제기한 지 25년 정도 된 셈이다. 2천 년대 초반에는 동화의 환상성과 장르로서의 판타지가 혼재된 채로 논의되다가, 2천 년대 초중반에 『고양이 학교』가 출간되고 『해리 포터』 열풍이 불면서 한국적 판타지에 대한 논의가 더 풍성하게 이루어졌다. 한국적 판타지에 대한 논의는 '우리 것이 좋은 것'이라는 국수주의적인 태도에서 비롯된 게 아니라, 당시 한국 사회가 극복하지 못한 근대적 과제를 해결하기 위한 하나의 돌파구로서 판타지 담론이 제기되었다고 생각한다. 물론 문화 선진국을 따라잡아야 된다는 강박이나 한국적인 것으로 문화적인 자긍심을 느끼고자 한 측면도 전혀 없지는 않았을 것이다. 그로부터 20년 정도 시간이 흐른 지금, 한국 사회는 많이 변했다. 예전이었다면 아리셀리스, 에이어리 같은 이름을 가진 인물이 등장하는 서양 중세풍 판타지 작품에 대해 '국적불명'이라는 비판이 제기되었겠지만, 오늘날에는 선진국에 대한 열등감이 사라져 버렸기에 이런 작품을 자연스럽게 받아들일 수 있게 된 듯하다. 이 작품을 읽으면서 장르로서의 판타지가 여전히 힘이 있다는 생각을 했다. 인터넷이 발달하고 해외여행이 자유로워 언뜻 어린이 청소년들의 세계가 확장된 듯 보이나, 실상 이들의 실제 경험 세계는 오히려 왜소해졌다. 그런 면에서 판타지 문학을 통해 우리가 알고 있는 세계가 전부가 아니라는 느낌을 주는 게 더 중요해졌다는 생각이 든다. 아마도 일반적인 독자라면 상징과 은유를 하나하나 따지며 읽기보다는 그냥 스토리를 자연스럽게 따라갈 것이다. 하지만 작품 배후에 드리워진 깊은 의미를 정확하게 해석하지 않더라도 뭔가 특별한 인상이나 느낌은 받을 수 있다. 좋은 작품들은 그게 뭔지 정확히 알 수는 없지만 뭔가 특별하고 이상한 느낌을 주는 것 같다. 내가 알고 있는 세계가 전부가 아니라 무언가 더 있을 것 그런 느낌. 이 작품도 마찬가지다.

오세란 유영진 선생님이 한국 판타지 동화의 역사를 짚어 주니 어쩌면 이 작품이 우리가 당시 판타지 문학 이론과 외국 작품을 공부하면서 꿈꿔 왔던 작품이 아닌가 싶기도 하다. 그때 꿈꿨던 작품이 몇 십 년이 지나 지금의 우리에게 도착한 그런 느낌이 들기도 하는데, 이에 대한 이재복 선생님의 생각이 궁금하다.

이재복 10권짜리 판타지 소설을 기획하고 긴 시간 몰입해서 써 낸 그 뚝심, 한 편의 철학서 같기도 한 작품을 써 낸 깊은 사유의 힘에 박수를 보내고 싶다. 이런 작가가 아동문학계에 있다는 것 자체가 감사하다. 독서 지도하는 사람은 독자에게 이 작품을 잘 안내하고, 우리 같은 평론가는 이 작품이 아동문학사에 잘 자리매김할 수 있게 하는 작업을 해야 하겠다.

오세란 송수연 선생님도 이어서 한말씀 부탁드린다.

송수연 시리즈라는 형식은 어떤 방식으로 서사를 풀어 가느냐에 따라 작품의 장점이 될 수도 단점이 될 수도 있다. 어린 독자들에게 시리즈물은 독서하기에 용이한 면이 있다. 이미 잘 알고 있는 인물과 사건에 약간의 반복과 변주를 주어 조금씩 다른 이야기를 해서 좀 더 쉽고 편한 독서를 할 수 있기 때문이다. 단, 이런 방식으로만 서사를 풀어 나가면 장소나 주변 인물들만 바뀔 뿐이지 이야기 자체는 확장성을 갖기 어렵다.『대장장이 왕』은 시리즈의 장점을 잘 살려 서사를 풀어 나간다. 작품의 세계관, 주제, 이야기의 방향이 굉장한 확장성을 갖고 있다. 좋은 이야기는 독자의 기대를 어느 정도 충족함과 동시에 이를 약간 배반하기도 하는 면이 있다. 이 작품을 읽을 때도 이야기가 당연히 이런 식으로 흐르겠지 싶은 지점을 만나기도 하고 어긋나기도 하는 경험을 하면서 9권까지 읽었다. 이 작품은 결국 인간이란 무엇인가에 대해 끊임없이 질문하는 이야기인 것 같다. 인물들이 저마다의 욕망을 통해 존재와 정체성을 탐색하는 다양한 방식의 질문을 던지고, 각자 자신만의 방식으로 체현하고 있는 점이 흥미롭다.

오세란 작가가 독자를 예상 가능한 경로로 인도하다가 그것을 배반하기도 한다는 이야기를 해 주었는데, 이 작품의 전쟁 구도 또한 이에 해당한다고 생각한다. 전쟁 구도로 서사가 전개되는 영웅 서사나 판타지물이 많다. 처음에는 이 작품도 제국을 둘러싼 주변 국가들의 이분적인 구도로 서사가 전개되리라 생각했는데, 지금은 어쩌면 작가가 그런 구도로 읽게끔 이끈 게 아닌가 하는 의심이 든다. 이 작품을 일반적인 전쟁 서사처럼 생각하고 읽으면 조금 힘들 수도 있다. 이들의 싸움은 화끈하게 서로 대적하거나 박진감이 넘치지 않기 때문이다. 이 작품에서 그려지는 전쟁에 대해서는 어떻게 생각하나.

송수연 이 작품에서 그려지는 전쟁의 모습이 매력적이고 흥미로웠다. 우리는 영웅 서사에 담긴 전쟁의 구도에 너무 익숙해져 있다. 거기에서 전쟁은 굉장히 파워풀하고 스펙터클하고 수려하고 멋있으며, 전쟁을 통해 정의를 구현한다. 이렇게 그려지는 전쟁이 거짓이고 사기라고 생각하는 나로서는 이런 것을 볼 때 마음이 매우 불편하다. 그런데 이 작품은 다르다. 여기에서 전쟁은 파워풀하거나 스펙터클하지 않고 정의가 관철되지도 않는다. 정의가 아니라 개인의 욕망이 관철되는 방식이 전쟁임을 이 서사는 잘 밝히고 있다. 터지는 폭탄을 멀리서 보면 화려하고 멋있게 보일 수도 있겠지만, 가까이에서 들여다보면 그건 그냥 수많은 생명체가 스러져 버리는 것에 지나지 않는다. 이것이야말로 전쟁의 진짜 민낯이지 않을까. 전쟁으로 인한 고통에 대한 깊은 성찰이 많이 없었다고 생각하는데 이 작품은 전쟁의 어리석음을 굉장히 잘 보여 준다. 전쟁이 얼마나 지루한 것인지, 얼마나 많은 사람들의 목숨을 허무하게 사라져 버리게 만드는지를 잘 보여 주고 있다. 또 하나 언급하고 싶은 부분은 선악을 단순하게 다루지 않은 점이다. 악인인 줄 알았던 어떤 인물이 뒤에 가서 보면 이런 모습도 있었구나 하고 새삼 달리 보게 되는 장면이 여럿 있다. 악인에게 서사를 주지 말라는 이야기가 있다. 이 말의 함의를 잘 알고 있지만, 그럼에도 불구하고 전적으로 동의하기 어려운 마음이 내 안에 있다. 인간은 일면적이지 않다. 인간은 다면적이고 그 다면성은 어떤 상황에 놓이느냐 혹은 어떤 사람을 만나느냐에 따라 각각 다르게 나타난다. 오셀롯만 보더라도 초반에는 욕망만 가득한 바보처럼 그려지지만 7권 3장에서 그가 주변 사람들에 대해 어떻게 생각하는지를 보게 되면 생각처럼 그리 단순하지만은 않다는 것을 알게 된다. 이렇듯 인물이나 상황의 복잡성 같은 것을 일면화시키지 않았다는 점도 이 작품의 장점으로 꼽을 수 있겠다.

유영진 이 작품의 키워드로 이야기를 이어가 보겠다. 이 긴 소설을 장악하는 키워드는 탐욕이라고 생각한다. 왕의 자리에 앉고 싶은 마음에 아버지의 보석 의자를 되찾고 싶어 하는 레푸스, 세상을 자기 마음대로 좌지우지하고 싶은 작, 제국 황제의 자리를 차지하고 싶어 하는 오셀롯과 팔라스, 그리고 마법의 힘을 지키고 싶어 하는 라토와 아리셀리스. 이 모든 인물들의 탐욕이 가장 드라마틱하게 만나고 부딪히는 사건이 바로 전쟁이다. 그래서 이 서사는 필연적으로 전쟁을 피해 갈 수 없다고 생각한다. 흥미로운 점은 대장장이 왕과 사제들은 탐욕이 없다는 점이다. 물론 그들도 어떤 욕망을 갖고 있기는 하지만 그것이 단순한 탐욕이 아니기 때문에 전쟁에서 특별한 역할을 하게 되고, 이것이 이 작품을 의미심장하게 만든다. 3권 11장에서는 인간은 자신이 원해서 전쟁을 일으킨 뒤 나중에 명분을 만든다. 진짜 승부를 가리고 싶다면 카드나 주사위로도 충분하다는 내용이 나오고, 8권 14장에서는 만약 이 자리에 스탐노스가 있었으면 전쟁을 되게 멋지게 묘사했을 텐데 그가 없어서 다행이라는 내용이 나온다. 전쟁은 나쁜 거라고 가르치려 들지 않으면서 전쟁에 대한 작가의 사유를 분명하게 알 수 있어 인상 깊었다.

김지은 판타지에서는 전쟁 자체가 목적일 때가 많고, 목적을 수행해 승부를 결정지으면 서사가 종료된다. 반면 이 작품은 전쟁 바깥에서 전쟁이라는 게 도대체 어떤 구조로 이루어지는지를 관찰하고 있다. 전쟁에 대한 메타적인 인식을 보여주는 것처럼 말이다. 작가는 여러 인물들의 목소리를 통해 어떤 사람이 세상을 다스려야 하는지, 왜 당신은 세상을 다스리는 사람이 될 수 없는지, 정말 황제를 죽일 이유가 있는지 이야기한다. 생각해 보면 우리는 한 번도 그런 걸 물어보지 않았던 것 같다. 선한 자가 악한 황제를 물리치는 것에 대해 그 이유를 궁금해하지 않고 쟁취의 결과를 확인하는 데만 급급했다. 9권 5장에 늙은 까마귀가 자기의 죽음을 예감하면서도 가만히 둥지에 앉아 죽는 방식을 선택하지 않고 패배를 예감하면서도 맹금류한테 도전하는 이유는 장렬한 최후만이 그 삶에 합당한 결말이기 때문이라는 이야기를 해 놓고, 그러나 젊은 시절 작은 이 연설에 감동을 받았으나 지금은 생각이 다르다고 이야기하는 장면이 있다. 이를 보면 작가는 전쟁을 통해 우리가 삶의 목적이라고 생각하고 투신하고 있는 것들의 무의미함을 이야기하고 있는 듯하다. 부정적인 의미의 허무주의가 아니라, 우리가 그렇게 경합하고 전쟁하는 것들을 한 번 들여다보자고 하는 것이다. 현실 속 우리들의 삶의 방식을 작품 속 전쟁이라는 틀 안에서 계속 반복하며, 그것이 유일한 목적일 수 없다고 이야기한다.

이재복 어반 판타지가 대세인 요즘 젊은 작가가 정통 판타지 문법을 정확하게 인식하고 10권짜리로 기획해 써 냈다는 사실에 놀랐다. 어슐러 K. 르 귄을 떠올리지 않을 수 없었는데, 르 귄의 고민에서 한 발 더 나아가려고 하는 시도 또한 인상 깊다. 기독교적 세계관으로 인해 인간계와 하늘계 사이의 균형이 깨졌다고 생각한 르 귄이 가장 중요하게 여긴 개념은 힘의 균형이다. 그의 작품에 등장하는 마법사는 절대 힘의 균형을 깨는 행동을 하지 않는다. 르 귄의 마법사는 자연의 힘을 조절만 할 뿐 절대 그 힘을 과신하거나 권력을 부리지 않는다. 즉, 절대 권력을 부리는 신과 대립되는 존재이다. 이 작품에도 마법사가 등장한다. 대장장이 신의 계시를 받는 왕과 자연의 힘을 능가하지 않으려는 마법사를 등장시킨 것으로 보아 르 귄처럼 신과 마법사 간의 관계를 그리려고 한 듯하다. 특히 신과 마법사 사이에 어떤 문제가 있었는지 탐구한 부분이 매우 흥미로웠다.

오세란 이재복 선생님 말씀처럼 신과 마법사의 관계를 작품에 들여오기 위한 시도가 결국 루 도인의 창조로 이어진 것으로 보인다. 몇백 년 전 1대 대장장이 왕과 세타세 간의 계약으로 인한 루 도인의 탄생이 몇백 년 뒤에 에이어리와 아리셀리스 형제의 대결 구도로 연결되는 게 정말 인상적이다.

이재복 그게 핵심인 것 같다. 그래서 내가 볼 때 이 작품은 판타지이면서 동시에 SF이다. 인간을 창조해서 사유를 확장시켜 나가는 부분이 정말 대단하고 재미있다.

김지은　　루 도인과 루 도인을 만든 자를 신과 인간으로 보는 데에서 나아가, 인간과 인간 이후의 기계들로 생각하면 정말 SF로 읽게 된다. 작품에서 마법의 힘과 신의 힘, 이 두 개의 힘은 서로 근원이 같고 계속 균형을 이루어야 하는 힘인 것처럼 이야기된다. 이 작품을 기독교적 판타지로 보지 않고 자연주의적인 유신론 같은 걸로 보면 결국 여기서 말하는 대장장이 신은 자연주의적 신이지, 예전 판타지에서 말하는 종교적인 신 개념은 아닌 것 같다. 그런 점에서 이 작품은 좀 더 미래 쪽으로 나아가 있는 이야기로 볼 수 있다.

이재복　　작가가 나도 정리가 안 될 정도로 엄청 큰 주제를 펼쳐 놓았다. 정답은 없지만 그 속에 담긴 근본적인 철학은 중요하다고 생각하고, 판타지 작품에 이런 근원적인 철학을 담아냈다는 것 자체에 박수를 보내고 싶다. 우리 같은 비평가들은 이 작품을 잘 파악해서 독자에게 멋지게 안내하고, 작품의 문학성을 잘 탐구하고 논의의 장을 펼쳐 작가가 자존감을 가질 수 있게끔 해야 하지 않을까.

오세란　　김지은, 이재복 선생님이 중요하게 언급한 루 도인의 비밀이 7권에서 밝혀진다. 어떻게 보았는지 말씀 부탁드린다.

유영진　　루 도인 이야기는 이 서사의 핵심적인 부분이다.

처음에는 루 도인을 타자화하면 어쩌나 하는 불안한 마음을 품고 있었는데 7권에서 루 도인의 비밀이 밝혀지면서 그런 마음이 허물어지기 시작했다. 그리고 비밀이 늦게 밝혀진 덕분에 케이블카가 아닌 자신의 두 다리로 오롯이 산 정상에 오른 사람만 느낄 수 있는 기분을 만끽할 수 있었다.

송수연 신의 힘을 가진 대장장이 왕도 마법의 힘을 가진 마법사도 다 사람이고 이들이 루 도인을 창조한 건데, 루 도인이야말로 진짜 인간이라는 생각이 들었다. 루 도인의 창조는 바로 창세기의 아담, 메리 셸리의 프랑켄슈타인, 그리고 수많은 SF 작품 속 인간이 만든 로봇들을 떠올리게 했다. 이 창조물들은 항상 주인, 그러니까 만든 자의 의도를 벗어난 선택을 한다. 루 도인도 마찬가지일 것이다. 창조된 자, 루 도인이 어떤 방식으로 세상을 거스르게 될지, 이 서사가 어떻게 이 루 도인을 새롭게 그려 낼지 기대된다.

김지은 이 작품은 서사에서 제일 매력적이라고 할 수 있는 초반에는 창조하는 자의 입장을 고민하다가, 뒤로 가면서 창조된 자가 어떻게 세계를 바꾸는지 보는 방향으로 우리의 마음을 바꾸게 만든다. 인간은 항상 자신이 창조하는 자가 되는 것에 마음을 두고 이야기를 읽는다는 점을 생각하면, '창조되는 것'에 대한 새로운 해석을 시도하는 것으로도 읽힌다.

유영진 작가는 새롭게 창세기를 쓰려고 했던 것일지도 모른다. 앞서 이재복 선생님이 마법사의 균형 잡는 역할에 대해 언급했는데, 이 작품에서는 대장장이 왕이 마법사 역할을 하는 게 아닌가 싶었다.

김지은 대장장이 왕이 고전적인 인격신이나 초월신이 아니라 자연의 균형을 추구하는 자연주의적인 신이라고 생각하는 이유가 바로 그거다. 과거의 인격신은 징벌하고 윤리적으로 누군가를 가르치려는 욕망이 있었는데, 대장장이 왕들은 특별한 욕망이 없다.

이재복 만약 제목을 '마법사'로 했다면 자연의 힘과 신의 힘의 균형을 이야기하는 르 귄 식의 또 다른 작품에 머물렀을 것이다. 그런데 제목을 '대장장이 왕'으로 잡아 르 귄의 인식에서 한 발짝 나아가 양쪽 힘을 다 인정하려고 하는 사유를 펼친 점이 흥미롭다. 작가는 서로 긴장하면서 타협하는 자연의 힘과 신의 힘을 계속 물고 늘어지면서 이를 인간사와 맞물리는 온갖 문제로 연결한다. 일종의 문명사 같기도 하다. 이때 자연의 힘과 신의 힘, 양쪽의 매개항으로 창조한 인간 루 도인을 두었는데, 이것이 지금 인간에 대한 탐구로 어떻게 이어질지 기대된다.

김지은 사실 루 도인은 인간과 자연 사이의 타협과 균형을 추구하며 우리가 만들어 내고 있는 무수히 많은 물질계로 보아도 무방할 듯하다. 이 작품이 신화 같은 느낌을 갖고 있지만 SF 소설이면서 미래지향적인 비인간 스토리라고 보는 이유다.

오세란 지금 나누고 있는 이야기를 인물을 중심으로 이야기하면 좀 더 구체적으로 논의할 수 있을 것 같다. 에이어리와 아리셀리스 형제처럼 메인 서사에서 활약하는 인물도 있고, 조연이지만 감초 역할을 톡톡히 해내는 인물도 있다. 인상 깊게 본 인물은 누구였나.

유영진 가장 유심히 지켜본 인물은 단연 주인공인 에이어리이다. '대장장이 왕은 성인이라고 하지만 아직 나이가 어리고 철이 없었다. 그의 행적을 정기적으로 보고받아 보면 신에게 받은 힘에 취해서 이리저리 떠돌기만 할 뿐 세상에 실질적으로 도움이 되는 일이 드물었다. 남들에게 대장장이 왕이라고 칭송을 받는 것이 삶이 목표인 얼간이처럼 굴었다.' 6권 9장에 나오는 문장이다. 데스커드가 한 말인데 어떻게 주인공에게 이렇게 악담을 하나 했다. 그런데 뒤로 가면서 주인공인 에이어리가 이런 인물이기 때문에 이 작품이 청소년 소설이 될 수밖에 없다는 데 동의하게 됐다. 또한 이 방대한 서사에서 유일하게 연애하는 인물로 등장하는 오카브에게도 눈이 갔다. 오카브는 사랑하는 사람을 지키기 위해 카부스빌의 학살자가 되고, 그로 인해 신의 권능과 왕의 지위 등 모든 걸 다 잃은 인물이다. 패배할 걸 알면서도 뛰어드는 인물은 언제나 매력적이다. 플리니에게도 특별히 눈이 갔다. 8권 6장의 '플리니 대공의 가장 큰 저력은 그가 언제든지 권력을 버리고 학자의 삶으로 돌아가기를 꿈꾸는 것에서 나왔다. 항상 물러날 준비가 되어 있었기에 작은 것에 집착하지 않고 큰 결정을 내리는 것이 손쉬웠다.' 같은 문장이나, 9권 14장의 '그리고 우리는 정상적인 동물이 아닌 생물을 모두 괴물이라고 부릅니다. 그러니까 정상의 부재를 괴상함이라고 칭할 수 있겠습니다. 그런데 정말 그렇습니까?' 같은 문장은 정말 인상적이었으며, 많은 것을 생각하게 했다.

이재복 이야기가 등장하는 수많은 인물 하나하나가 다 예뻤다. 동산에 꽃이 한 무더기 예쁘게 피어 있는데, 가까이 가서 들여다보면 꽃 하나하나가 다 예쁜 것처럼. 그런데 스토리가 심플하게 굵은 선으로 이어진다고 보기는 어려워서, 과연 어린이 청소년들이 큰길을 따라 달리며 이 꽃도 보고 저 꽃도 보면서 즐겁게 동산을 오를 수 있을까 하는 염려는 든다. 우리야 주변 풍경을 감상하면서 충분히 즐겁게 등산하듯이 읽을 수 있지만 말이다.

김지은 얼핏 악인처럼 보이는 다이아몬드 카분에게 입체적인 자기만의 서사가 있는 것처럼 등장인물 한 명 한 명이 모두 매력적이다. 그래서 유희왕 게임처럼 인물 카드가 있으면 좋겠다고 생각했다. 우리 어린이 청소년들에게는 이 많은 인물을 통해 이 이야기 전체를 즐길 수 있는 품이 있다고 믿는다. 인물 카드가 나오면 나는 이걸 꼭 수집하겠다.

송수연 인간의 중요한 자질 중 하나가 망설임이라고 생각한다. 인간은 망설이고 주저한다. 그런데 이 이야기에서 루 도인들 또한 끊임없이 망설이고 주저한다. 오셀롯을 죽이라는 임무가 주어졌을 때 계속 망설이다 칼을 놓친 수가 대표적이다. 루 도인 인물들에게 집중해서 읽으면 더 재미있게 읽을 수 있을 것 같다.

김지은 에이어리 또한 이 작품이 결국 인간에 대한 이야기라는 것을 잘 보여 준다. '그는 입을 벌려 말하는 것으로만 그런 물건을 창조하는 존재가 아니었다. 그는 신이 아니라 인간이었다.' 9권 10장에 나오는 문장이다. 이렇듯 작품에서는 에이어리가 사람이라는 것이 반복해서 언급된다. 앞서 유영진 선생님이 주인공인 에이어리가 이런 인물이기 때문에 이 작품이 청소년 소설이 될 수밖에 없다고 하셨는데, 정말 이 작품이 어린이 청소년 독자 자신의 이야기가 되게 하는 힘이 바로 에이어리에게 있는 것 같다.

오세란 마지막으로 9권까지 읽으면서 주목했는데 아직 제대로 활약하지 않아 아쉬운 에피소드나 사건이나 인물에 대해 이야기로 마무리를 해 보려 한다. 나는 대장장이 왕 문자가 9권이 끝나도록 제대로 쓰이지 않아 아쉬웠다. 앞에서 정말 공들여서 배우지 않았나.

유영진 뿐만 아니라 다이아몬드 카분에게 젊어지는 물약을, 작에게 피부색 감추는 약을 준 오두막의 노인이 누구인지도 궁금하다. 장난꾸러기 신인가 싶기도 했다.

김지은 '살인자는 동생이 아니라 운명이다' 또는 '예언은 인간을 조종할 수 없다' 같은 배후에 뭔가 더 있을 것 같은 느낌을 주는 문장들이 중간중간 많이 나온다. 그래서 나는 배후의 정체가 궁금했다.

유영진 사실 용들도 궁금했다.

송수연 유영진 선생님이 방금 용 이야기를 했는데 그중 붉은 용이 자유 동맹을 생각해 내지 않았나. 오늘은 자유 동맹에 대한 언급이 없었지만, 개인적으로 자유 동맹이 굉장히 인상적이었다. 붉은 용은 사실 자유 동맹을 움직이는 보이지 않는 손이다. 이런 이야기들이 마지막 10권에서 어떤 방식으로 회수되어 새롭게 접합될지 궁금하다.

김지은 자유 동맹이라고 나라 이름을 지은 작가의 센스도 돋보였다. 자유 동맹은 나라 이름을 그 나라의 통치 방식과 조금 어긋나게 만들어서 말 그대로 이해하지 않고 그걸 비틀어 보게끔 조금씩 각도를 옮겨 놓은 것인데 이런 점이 독자에게 새로운 재미를 제공한다. 또 9권 4장에는 세타세의 '마법으로 세상 모든 것을 설명할 수 있네. 마법의 힘을 벗어나는 것은 세상에 존재하지 않지. 그러니까 마법으로 할 수 없는 일은 세상에 일어날 수 없는 일이네.'라는 대사에 이어, '앞에 앉은 사람은 참으로 건방진 말이라고 생각하면서도 그의 비위를 맞추기 위해 반박하지 않았다.'는 문장이 나온다. 다음 문장이 바로 앞 문장을 반박하는 이런 재미는 글을 읽을 때만 느낄 수 있다. 동시성이 있는 영상에서는 절대 느낄 수 없다. 이렇듯 작가는 읽는 자의 시간을 탄성적으로 운용해 우리로 하여금 이 이야기를 계속 읽게 만든다.

송수연 각 장의 뒤에 붙은 짧은 이야기도 인상적이다. 어떤 이야기는 앞 이야기를 완전 다 비틀어 버리기도 하고, 어떤 이야기는 앞 이야기를 더 풍성하게 만들어 주기도 한다. 짧은 이야기 그 자체로도 완성도가 있어서 나중에 기회가 되면 이것만 따로 다시 봐도 새롭겠다는 생각이 들었다. 사실 이 책은 한 번 읽어서는 재미를 다 느끼기 어려울 수도 있다.

일단 분량부터가 진입 장벽이 상당하다. 하지만 일단 읽기 시작하면 인물이나 에피소드에 꽂혀서 충분히 읽을 수 있을 것 같다. 우리가 기존에 알고 있었던 서사의 관습이나 플롯의 전형적인 배치 같은 것들을 교묘하게 비틀어 분명 낯선 지점들이 있지만, 그럼에도 이야기 자체로서 충분히 즐길 수 있을 만한 지점들이 굉장히 많다.

오세란 지금 자연스럽게 송수연 선생님이 이 책의 의미에 이어 독자에게 하고 싶은 말까지 전했다. 다른 선생님들도 이 책의 의미, 독자나 작가에게 전하고 싶은 말로 마무리 부탁드린다.

김지은 나도 이 작품을 재미있게 읽는 방법을 알려 드리고 싶다. 전체 줄거리를 파악하려고 하기보다는 내 마음에 드는 인물에 집중해서 읽으면 좋을 것 같다. 인물이 아주 매력적인 작품이기 때문에 이 인물이 어떻게 되는지 주목해서 읽으면 좀 더 재미있게 읽을 수 있을 것 같다.

이재복 어린이 청소년들에게 정통 판타지 문법을 알려 준 다음 이 작품을 읽게 하면 더 재미있게 읽을 것 같다. 기본적인 것 몇 개만 알려 줘도 거기에 자신의 상상력을 더해 다 다르게 해석하며 멋지게 꽃 피우리라 본다.

유영진 '이야기는 가장 거짓되어 보이는 방식으로 진실을 말한다.' 6권 4장에 나오는 문장이다. 이 작품을 장악하는 핵심이 아닐까. 이 책은 친절하지 않다. 방대한 정보와 엄청나게 많은 인물들을 메모해 가면서 읽어야 하지만 이것을 견딘 사람은 마지막 권에서 아름답게 터져 오르는 불꽃을 감상할 수 있다. 이토록 긴 서사와 시간을 감당해 낸 자기 자신에게 그리고 작가에게 경의를 표하게 될 것이다.

오세란 이제 10권 마지막 한 권이 남았다. 허교범이라는 한 작가의 성장 서사이기도 할 이 작품의 멋진 결말을 기대한다.

대장장이 왕 9

에이어리가 마법의 근원 속에 갇혀 자유를 잃는다

초판 1쇄 인쇄 2025년 12월 9일
초판 1쇄 발행 2024년 12월 17일

지은이 허교범
펴낸이 최순영

어린이 문학1 팀장 박현숙
편집 김민정
키즈 디자인 팀장 이수현
디자인 진예리

펴낸곳 (주)위즈덤하우스
출판등록 2000년 5월 23일 제13-1071호
주소 서울특별시 마포구 양화로 19 합정오피스빌딩 17층
전화 02) 2179-5600   **내용문의** 02) 2179-5707
홈페이지 www.wisdomhouse.co.kr

ⓒ 허교범, 2025
ISBN 979-11-7171-558-9   44810
     979-11-6812-417-2   (세트)

- 이 책의 전부 또는 일부 내용을 재사용하려면 반드시 사전에 저작권자와 (주)위즈덤하우스의 동의를 받아야 합니다.
- 인쇄·제작 및 유통상의 파본 도서는 구입하신 서점에서 바꿔드립니다.
- 책값은 뒤표지에 있습니다.